デレたい彼女の裏表

著：五月蒼
イラスト：竹花ノート

GCN文庫

The Two Sides of a Sweet Girlfriend

Contents

プロローグ

「ねえねえ、伊織《いおり》。帰ったら一緒に映画見るよね？」

長く無造作にのびた黒髪を振り乱し、眼鏡をかけた幼馴染の氷菓《ひょうか》がいつものように俺の席に駆け寄る。

いつも通りの日常。小学校の頃から一緒、家も隣の俺たちは、お互いにとって一番の友達だった。

放課後の教室には、既に人はいなくなっていた。

「無理、今日は他に用事があるんだよ」

俺は教室正面に設置された時計をチラッと確認する。

約束の時間まで後二十分ほど。あまり悠長にしてはいられない。

「ええ、またそれ？　最近付き合い悪過ぎじゃん……この間も一人で帰っちゃったし……。先週一緒に見るって約束して楽しみにしてたのに」

氷菓は少し顔を俯《うつむ》かせ、不貞腐《ふてくさ》れるように口を尖らせる。

「悪い、今日だけ！　頼む！」

俺は両の手のひらを合わせる。

「はあ……まあいいけど。じゃあ、先帰ってるから、帰ってきたら教えてよね」

「おう」

氷菓は少し拗《す》ねた顔をしながら、じゃあねと教室を後にした。

誰もいなくなった教室。残されたのは俺ただ一人。

「ふぅ……ようやくだ」

俺は深呼吸をし、軽く身だしなみを整える。

教室の窓から西陽が差し込み、それがなんだか自分を祝福してくれているように感じた。

まるで、自分が物語の主人公であると錯覚させるように。

シンと静まり返る教室に、不意にガラガラという少し古びた扉の音が響く。

それとほぼ同時に、可愛《かわい》らしい声が聞こえる。

「お待たせ〜。えへへ、急にどうしたのさ、呼び出しなんて珍しいね」

島崎《しまざき》日和《ひより》。隣の席に座る、小動物のような見た目をした女の子。耳に髪をかける仕草や、笑うとぎゅっと細くなる目。今日も今日とて、その動き一つ一つが愛らしい。

「話したいことがあってさ」

「?」

島崎日和は、無垢な表情で小首を傾げる。

これから、俺はこの子に告白する。

この子は確実に俺のことを好きなはずなのだ。それは日頃の接し方からわかる。

氷菓はやたらと否定的で、もっと他にいるでしょ！　とうるさかったが、あいつは何もわかっていない。

これで、今日から俺も彼女持ちだ。

俺は改めて深呼吸をし、島崎日和の目をまっすぐに見つめる。付き合った後になって、あの時の告白をもうちょっとかっこよくさあ、などと弄《いじ》られたくはない。

呼吸を落ち着け、目に力を入れる。

「ど、どうしたの……？」

雰囲気が変わったことを察した島崎日和は、少し緊張した面持ちで見つめ返す。

「あの…………俺と――」

西陽差す教室で、俺は思いの丈をぶつける。

お膳立ては全てなされていると、その瞬間までそう思い込んでいた。

その日、俺は自分が主人公ではないことを理解した。

◇　◇　◇

「いってきまーす！」

「いってきま――まぶしっ」

俺は思わず目を細め、太陽の光を手で遮る。

春休みが明けると共に、俺の天国だった自堕落生活も自分の意思とは関係なく自動的に終わりを迎え、強制的に健康的な生活リズムを余儀なくされた。

久しぶりに聞いたスマホのアラームに対して殺意が芽生えたのは言うまでもない。

春休みは本当に天国だった。

ハードディスクをこれでもかと圧迫した積みゲーの消化や、ただの慈善活動と化していた動画配信サービスの料金のもとを取り返すように、新作映画やドラマをむさぼった。

生活リズム？　何それ、新しいリズムゲー？　と言わんばかりの自由気ままなライフスタイルをこれでもかと謳歌《おうか》した。

両親が春休みに入るとともに海外へ転勤になり、俺達兄妹だけが家にいるという監視者のいない環境がそれを増長していたというのはご理解頂きたい。断じて俺が日ごろから堕落した生活を送っている訳ではないのだ。

そんな、家に人がいない絶好なタイミングこそ、彼女や女友達を家に連れ込むチャンス……なんて言うのが男の夢だろうが、残念なことに、俺――真島《ましま》伊織には女友達や彼女と呼べる異性が一人もいなかった。

それどころか、中学一年の最初の数ヶ月から先、女友達どころか、女の子の知り合いと呼べる存在すらいなかった。

だが、俺はそんな現実をとうの昔に受け入れていた。

人には向き不向きがある。努力すれば必ず報われるなんてものは、RPGのレベル上げくらいなもので、現実世界ではそう簡単にはいかないものなのだと、俺は既にこの年にして理解していた。

いろいろと持って生まれた課金プレイヤー達と自分を比較して落ち込んでしまうような劣等感は既になく、俺は中学生という多感で影響されやすい時期に、自分という人間のポテンシャルを客観的に認識するようになっていた。

だから、俺は身の程を弁《わきま》えて平穏な生活を送れればそれでいいのだ。

そんなことを考えながら、俺は玄関を出た所でぼーっと立ち尽くす。

すると、ショートボブの黒髪を靡《なび》かせた小柄な妹が、リュックの肩紐を掴み、トタトタとその場で足踏みしながら眉を八の字にして振り返る。

妹ながら、なかなかに可愛いと思う、うん。

「お兄ちゃん！　ほらほら、そんなぼーっとしてたら危ないし、遅刻しちゃうよ！」

朝から通る声で叫ぶ妹。その声には、不安と心配が入り混じる。

妹は俺と違ってまじめなのだ。だが、そこが可愛いところでもある。俺のこと心配してくれるし。

「……我が妹よ。そんなに焦って早く行っても成績は上がりませんよ」

「今成績の話はしてないでしょ！　まったくもう……新学期なんだからもっとシャキッとしないと！　新しいクラスなんでしょ？　楽しみじゃないの！」

妹はキラキラした目でこちらを見る。

そう、俺は今日から高校二年生となる。

クラス替えがあるため、新たな出会いなんて言うのも普通の生徒達は期待するんだろう。

だが、恐らくこれまで通り何も変わらない一年が始まるだけだろうというマイナス方向への自信があった。

「別に楽しみではないな」

俺の断言を聞き、我が妹――真島瑠花は、げんなりと肩を落とす。

「本当、達観してるというか、無駄に冷静というか、やる気がないというか……。仲の良い友達との別れとかさ、新しい友達とかあるじゃん！」

「いや、ないない。無さ過ぎて逆にいつも通りだから」

交友関係の広い瑠花からしたら、クラス替えなんて出会いや別れがあって一大イベントなんだろう。だが、そもそもまともに友達がいない俺にとっては虚無なイベントなのだ。

別に俺はクラスでいじめられている訳でもないし、無視されている訳でもない。

ただ、部活動や委員会をしてる訳でもないから特段仲の深い相手がいないだけなのだ。

ほら、部活やってる人たちって結局部活動の仲間同士で仲良しだし、俺は教室で挨拶したりグループになったりした時に世間話する程度の存在なのさ。

なんていう自己分析をする俺の顔を、瑠花は悲しそうに見つめる。

その顔からは哀れみを感じる。

「そんな悲しいことを自信満々に言われても……。妹は悲しいよ……」

ヨヨヨ、と瑠花は泣きまねをする。

「妹泣かせな兄で悪かったな、だったらお前の知り合いを友達か彼女として紹介してくれよ」

「それはちょっと……」

何と変わり身の早いことか、瑠花は眉を顰《ひそ》めて距離を取る。

「まあ……俺はお前がいれば十分だけどな」

「ちょっ、ちょっと、朝からハズイこと言わないでよ！」

「酷い……。まあいいや、いいからお前は中学校行けよ。反対方向だろ？　遅刻するぞ？」

「お兄ちゃんに言われたくないよ！　せっかく、可愛い妹が心配してあげてるのに！」

「それを人は余計なお世話と言うんだ」

そう、こういう正論のような小言は聞き飽きているのだ。

まあ、瑠花のほうが可愛げが数百倍はあるが。

「ああいえばこういう……もう知らないんだか――……あっ！」

瞬間、俺を可哀想な物を見る目で見ていた瑠花の視線が左の方へと動き、呆れた様子で曇っていた顔がパーッと輝く。

俺はチラッと瑠花の視線の先を見る。噂をすればとはこのことだ。

そこには、一人の少女が立っていた。

長い黒髪に透き通るような白い肌、切れ長な少しつり上がった瞳。

ツンとした小ぶりな鼻と、ぎゅっと結んだ薄桃色の唇。

顔は小さく、スラッとした姿は否応なしに目を引く。

それは、正体不明の美少女――などではなく。

「おはよう、氷菓ちゃん！」

「おはよう、瑠花ちゃん。今日も元気だね。なんだか久しぶり」

「えへへ、久しぶり！　家が隣なのになかなかタイミング合わないね」

そう、この美少女は何を隠そう隣の家に住んでいるのだ。そして同い年。

つまり、幼馴染というやつだ。

まあ、以前のような男女の垣根を超えて仲が良かった頃を考えれば、「であった」と言ったほうが適切かもしれない。

「氷菓ちゃんは今日も可愛いなあ、羨ましぃ～」

「いい過ぎだよ、でもありがと」

氷菓は少し照れながらニコリと笑みを浮かべる。

すると、瑠花はくるっとこちらを振り返り、ほらほら！　と手招く。

「お兄ちゃんも氷菓ちゃんに挨拶して！　久しぶりでしょ!?　春休みはずっと引きこもってたんだから」

「え」

思わず低い声が出る。

強引に俺に話を振るな妹よ。空気を察しろ。それと引きこもってたとか言うな、誤解を与えるだろ。……いやまあ事実だけど。

かつての幼馴染だった頃の氷菓となら元気に挨拶もしたものだが、今の氷菓はその頃とは様変わりしていた。

「いいのいいの、瑠花ちゃん」

氷菓は腰に手を当て、首を傾けながらうっすらと笑みを浮かべる。その顔は、まさに「氷菓」という名前に相応《ふさわ》しい冷ややかなものだった。

「どうせ引きこもってばかりで表情筋と声帯が退化しちゃったんでしょ？　無理して声出

させたら可哀想だよ」

「本当だよ、みんなもう少し俺の喉を労《いたわ》ってくれ」

全然喋らないとマジで喉ってすぐ嗄《か》れるんだよな。

「……あれ、喋れたんだ、ごめんね。引きこもってないでせっかくの春休みくらい運動したり買い物したりして自分磨きすれば良かったのに」

言われなくてもわかってますよ、そうした方がいいということは！

とはいえ、今更俺がそんな事をしたくらいでは何も変わらないだろうことは予想がついてしまう。生まれてこの方体育なんて三しかとったことないし、自分磨きをしたところでたかが知れているだろうし。

そう言った無駄なところで努力するなら、もっと自分の才能に合った努力をすればいい。

——まあ、才能とやらは客観的に見られるようになった今でさえ見つかってはいないのだが。

とにかく、氷菓のグサグサと刺さるような正論も所詮ただの正論で、俺にとっては無意味な物なのだと、諦めの境地のような心でサラッと受け流せてしまうのだ。

「気が向いたらな。相変わらず口が達者だなあ、氷菓様は」

「……その呼び方止めて」

鋭い凍《い》てつくような視線が俺の眉間を貫く。

俺は肩を竦《すく》め、悪い悪いと溜息交じりに漏らす。

そのやり取りを見て、瑠花はハワワと口元に手を当てて怯える。

俺と氷菓は幼馴染だった。小学校二年の時に氷菓が転校してきて、隣の家に来た氷菓と仲良くなるのは必然的な流れだった。朝一緒になることも多ければ、帰りに一緒になることも多い。

瑠花の存在も大きかった。氷菓は一人っ子だから、瑠花のことを妹のように可愛がり、よく三人で遊んだ。

そうして俺たちは同じ中学校に上がり、これまで通りの関係が続く……そう思っていたが、現実は甘くなかった。

ある日を境に気が付くと氷菓と話すことはあまり無くなり、一緒に登校することもなくなり、廊下ですれ違うと露骨に避けられるようになった。

しばらくたって普通に話しかけてくれるようにはなったが……ご覧の通り、現在の氷菓の出来上がりだ。

地味だったはずがいつの間にか美少女に変身し、まるで別人のようになっていた。

「そんなんだから陰キャとか言われるんじゃない？　クラス替えなんだから少しくらい努力したら？　いつまでもそんなんじゃ、誰も相手してくれないよ」

痛い。ストレートパンチは止めろ。

だが、俺は身体を捻るようにしてそのパンチを受け流す。

「意外と一人っていうのも楽しいぞ？　友達とか恋人とか、誰かのために暇な時間を捧げるより、自由に時間が使えた方が何かと便利だし」

「ああ言えばこう言う……そもそも、その暇な時間とやらで何かしてるわけでもないでしょあんたは」

氷菓は苛立たし気に目を細める。

図星過ぎて、俺は気まずくなり視線を逸らす。

氷菓といい瑠花といい、俺が口答えばかりしてるような言い草じゃねえか！　……いやまあしてるんだけど。

氷菓は大きく息を吸うと、深く溜息をつく。

「事実を言ってくれるのなんて私くらいしかいないんだから、逆に感謝して欲しいくらいなんだけど」

「感謝感激だよ」

俺の心のこもっていない感謝に、氷菓は何か言い返したげに息を吸い込むが、諦めたのかその空気は溜息となって口から零れる。

「……朝からあんたと話してると疲れるわ。じゃあね、瑠花ちゃん。中学頑張ってね」

「うん、ありがとう！」

「そっちの人は後から来てよね。一緒に登校したと思われたくないから」

そう言うと、氷菓は俺の返事を待たずにくるっとこちらに背を向け、さっさと学校へと歩いていく。

「わかってますよ」

俺はポツリと呟《つぶや》く。

相変わらずだな。高校デビューを果たした今、俺のような男は周りをウロチョロして欲しくないようだ。

ま、そりゃあ目立たない地味な俺に合わせて、折角デビューしたのに変な噂流されたくないだろうしな、気持ちはわかる。

俺だって、今や学校のアイドルに近い存在となった氷菓の隣を歩くなんて、恐れ多くて無理無理無理。変な噂流されて余計な問題を抱え込みたくないし。あの頃以上に、誰も幸せにならない。

そんな取り残された俺に向けられる、瑠花からの憐憫《れんびん》の視線が痛い。

瑠花は大きく溜息をつく。

「本当……お兄ちゃん一体氷菓ちゃんに何したの？」

「女の子は三日会わざればってことだ」

「それ男子でしょ……。あの優しい氷菓ちゃんがあんなに冷たいのなんてお兄ちゃんくらいだよ？　ひょっとして強引に押し倒そうとしたとか――」

「してない！　断じてしてない！　冗談でもそんなこと言うなよ、このご時世どこで誰が聞いてるかわからないんだぞ。お兄ちゃんが明日から陽の光の下を歩けなくなったらどうするの」

「引きこもりのお兄ちゃんは喜びそうだけど」

「さすがの俺もそんな外圧で引きこもりたくないよ……」

まったく……。と、俺は諦念の溜息を漏らす。

そんなこんなで慌ただしい朝を送り、瑠花は遅刻しちゃう！　と慌てて走り出した。

やれやれ、みんな朝から慌ただしいな。

意外と時間を食ってしまったから、早く行かないと本当に遅刻してしまう。

俺は制服のポケットからイヤホンを取り出し耳に装着する。

気乗りしないが、残念ながら俺は「じゃあバックレてやるか」と学校をふけるような度胸という名のヤンキーマインドは持ち合わせていない。

大人しく学校へ向かうとしよう。氷菓に追いつかないように。

今日からまた代り映えのない高校生活が始まる。人生の中のたった三年間で、俺にとっては特別意味もないただの三年間。その二年目が。

俺は太陽を見上げもう一度深く溜息を吐き、ゆっくりと歩き始めた。

第一章　氷の女王様

人間関係というのは最初が肝心で、一度固まればそこからなかなか変わることはない。

もちろん、それはクラスという三十人ぽっちの小さな集団でも同様で、大体似たような性質の連中で固まるものだ。

クラスの後方で趣味の話で盛り上がる同性集団や、席で後ろを振り返り一緒に絵を描く二人組。はたまた教室前方に男女で陣取り、イケメンと美少女のみで構成された眩《まばゆ》いグループ。

共通点を持った生徒同士で、こうやってコミュニティは形成されていく。

始業式からまだ一週間ほどしか経っていないというのに、何というコミュニケーション能力だ。

一方の俺はというと、どこのコミュニティにも属さない浮いた存在となっていた。顔を合わせれば一応は「よっ」と挨拶はするのだが、それだけの関係でしかなく、おおよそ友達ですと心から言える存在は今のところいなかった。

だが、俺としてはそれを別に苦と感じていない。

確かにそういう関係性が羨ましいと感じることもあるが、それだけだ。映画なんかを見ると、青春はいいな、仲間っていいな、とは思うが、どうやら俺の性格からして、そういうのはなかなか長続きしないらしい。結局は一人でのんびりと好きなことが出来る今の環境が性に合っているようだ。

そんなことを考えながら、ガヤガヤとした教室で俺はぼーっと窓の外を眺める。

新学期も、変わり映えのない穏やかな日常が続く……そう思っていたのだが、今回のクラス替えにより、そうとも言っていられない事態が起こってしまっていた。

不意にガラガラと教室の扉が開き、一人の美少女が入ってくる。

瞬間、教室中の視線（主に男子の）が美少女の方へと集中し、教室が騒めく。

噂をすればというやつだ。

黒い髪を靡かせ、涼しい顔をして風を切るその美少女は――。

「いやあ、氷菓ちゃんと一緒のクラスとかクジ運が良すぎる……！」

後ろの席の男子が、興奮気味に言う。

そう、何の因果か俺は、氷菓と同じクラスになってしまったのだ。

別にすごい嫌！　という訳ではないのだが、氷菓のあの冷ややかなツンとした態度を見れば、俺の平穏を危ぶんでしまうのも無理ないだろう。

「まあ俺達が付き合えるなんて思ってねえけど、それでも仲良く出来るかもしれないのは

最高過ぎる！」

「ちょっと冷ややかな視線がいいんだよなぁ」

「いやいや、ああ見えてめっちゃ優しいから。彼氏いるのかなあ、勉強も出来て優しくて美少女とか最高だよな!?」

男たちは美少女と同じクラスになれたことに興奮し、思い思いの理想を語り合う。

よくそんな恥ずかしげもなく語り合えるな……。まあ、それだけ氷菓のステージが最上位に上がってしまったということでもあるか。

昔を知っている俺からは、何とも異様な光景だ。

あの頃教室の隅で一緒に話してた氷菓が、今やスポットライトの中心にいるだなんて。

あれがいいのか？　と、普段の氷菓を知っている俺からすれば思ってしまうのだが、確かに事前情報なしに、カタログスペックだけを見れば氷菓はかなりの美少女力を誇るようになってることは認めざるを得なかった。

「氷菓さあ、春休み何してた？」

金髪にインナーカラーの入ったウルフヘアの少女が、軽い口調でそう問いかける。

爪は綺麗に形作られ、耳にピアス、制服は見事に着崩されている。所謂《いわゆる》ギャルというやつだ。

「んー？　梓《あずさ》たちと遊んでる日以外は家でダラダラしてたけど」

マジ!?　とギャルの驚く声が響く。それに釣られ、何々とイケメン二人組が氷菓たちへと寄っていく。

「にしては恐ろしい程体型を維持してない……?　何かしてたんじゃないの～?」

ギャルはニヤニヤと氷菓に近づく。

「ええ……別に特には何もしてないけど」

困惑する氷菓のお腹を、一ノ瀬《いちのせ》梓はツンツンと突く。

「じゃあなんでこんな痩せてるの!　スタイル良すぎでしょ!」

「ちょ、ちょっと梓、くすぐったいから……!」

氷菓は笑みを浮かべながら少し恥ずかしそうに身体をくねらせる。

「氷菓ちゃん本当いいスタイルしてるからなあ。世の女の子がそれ聞いたら泣くぜ」

「健吾《けんご》ちょっと、それセクハラ発言なんだけど」

「うっそマジ!?　コンプラ厳しい～」

短髪のイケメンに、一ノ瀬梓はバシバシと肩を叩いて突っ込む。

その会話を聞き（盗み聞き）ながら、俺は眉を顰める。

何か知らないがめちゃくちゃ盛り上がってるな……俺にはあんな会話は無理だ。明らかに俺とは違う人種、所謂リア充集団という奴だ。そこに立ってただ会話しているだけなのに、何だか空気が輝いて見える。

そんな輪の中に氷菓がいる。氷菓は高校デビューしただけでは飽き足らず、なんとスクールカースト最上位へと上り詰め、こうしてリア充集団に溶け込んでいた。

中学の頃……まだ俺と氷菓が幼馴染としてそれなりに仲の良かった頃。氷菓は眼鏡をかけており、髪もぼさぼさで、男子からの人気なんて皆無と言って良かった。

それが今や、学校のアイドルという訳だ。

なんとも納得のいかない状況だが、だからと言って目の前の光景が変わる訳でもない。

そりゃ最初の頃は少しもやっともしたが、慣れれば気にならないもので、氷菓の氷のような冷たい態度や上から目線のお言葉を頂戴する度に、もう同じステージには立っていないのだなと客観的に納得していた。

まあ、お互い自分に適したところで活躍するのが一番だ、うんうん。

そんな下らないことを考えながら何となしに氷菓達のグループを横目でチラチラと眺めていると、不意に氷菓がこちらへ視線を向ける。

俺は一瞬びっくりして、思わず視線を逸らす。

何!? 何でこっち向く訳!?

こっちなんか見ないでリア充仲間と楽しく話してればいいんじゃないですかね……。

いや、自意識過剰は良くない。きっと、たまたま視線がこっちに向いただけだ。

話している時に適当に視線を泳がせることなんてよくあることだ。俺も妹と話している時によく視線を泳がせてるし。

思わず視線を外してしまったけど、俺がどこを見るかなんて氷菓に制限されるいわれはない。

俺は一度心を落ち着かせ、もう一度何気なく視線を氷菓の方へと向ける。

白い脚から徐々に視線を上げ、スカートの無防備な隙間に一瞬視線を止めるが何とかそのまま上へとスライドしていく。まだ肌寒く、制服の下に着られたブラウンのカーディガン。ワイシャツのボタンは少し開けられ、白い首が伸びる。

そして俺の視線が氷菓の目を捉えた時——ぴったりと目が合う。

瞬間、氷菓は少しだけ目を見開いて、俺を嘲笑うかのように口角を上げる。

まるで勝ち誇ったかのような笑みだった。

何だその笑みは……まるで俺が氷菓を盗み見ていたみたいじゃないか！　断じて違う、断じて違うぞ！

だが、氷菓の顔は「素直になればいいのに」とでも言いたげに、ニヤニヤと口角を上げている。

俺は否定の意思表明として顔の前でブンブンと両手を振り、視線を窓に戻す。

まったく、ちょっと可愛くなったからって調子乗ってるなこいつ。全然気にならないし。

……とは言いつつ、何となくまだ見られているような気がして、一瞬だけチラッと氷菓の方を見る。が、しかし、氷菓はとっくにこちらに興味を失くしており、普通にギャルと会話している。

「……何時かなっと」

俺はあくまで時計の方を見ていたんだよ、という体でポツリと呟く。誰も聞いてないのに。

時計を見ると、始業までまだ少し時間があった。俺は一人教室を出て、トイレへと向かう。

俺は教室の扉を閉めると、ポケットに手を突っ込み、猫背気味に歩く。

すると、閉めたはずの扉がすぐ後方でもう一度開けられる音が聞こえる。

あまりに俺とタイミングが同時過ぎて、俺は思わず後ろを振り返る。

そこに立っていたのは、氷菓だった。

「えっ」

俺の口から漏れたのは、驚きの言葉だった。

……何で？

まさか、氷菓が俺を追って……なわけないよな。けど、それにしてはタイミングぴったりだし……でもさっきまで楽しそうに話してたよな？　なんで急に？

と俺の脳が高速回転して答えを導きだそうとするが、答えは出ない。

すると氷菓は俺を見て、淡々とした声で言う。

「何？」

「何って……え？」

想定外の第一声に俺は思わず困惑する。

な、なんだ？　氷菓の方から追いかけてきたわけじゃないのか？　あれ、やっぱ俺の勘違いか？

氷菓は腕を組み、少し威圧的な視線で俺を見る。

「……ホームルーム始まるのに、どこ行くの？」

「どこって……トイレだけど」

「何しに？」

「えっ……用を足しに」

「…………」

氷菓は何を考えているかわからない顔でスンとしている。

どうしたんだこいつ、コミュニケーション能力がつよつよになったからリア充集団の仲間入りしたんじゃないのか？　会話に中身がなさすぎるんだが……。

「……あんた、友達は？」

「ご覧の通りゼロだけど」

それを聞き、氷菓は呆れるように短く溜息をつく。

「いい加減作ったら？　新しいクラスでもそのままで行くつもりなの？」

どうやらいつものツンツンとしたありがたい助言のようだ。

「だから友達なんていらないって、どうせ三年間しか一緒にいないんだし」

「なにそれ、強がり？　友達くらいまともな高校生なら一人くらい作りなよ」

「まあ、機会があったらな」

いってることはわかるが、今のところボッチでいることに不自由ないからなあ。

「また適当に流そうとして……。少しは変わろうとか思わない訳？」

「分を弁えてるんだよ、俺は。こんなもんだって実際」

「ああ言えばこう言う……」

氷菓は眉を顰め、少し苛立たし気にトントンと指で腕を叩く。

「少しは私を見習ったら？　どう私、変わったと思わない？」

「どうかなあ」

「よく見てよ」

俺は氷菓の顔をじっと見る。

まあ、確かに垢ぬけはした。身なりも整えられ、元から良かったスタイルがそれにより存分に発揮されている。

美少女とよばれても何ら不思議ではない。ギャルのようなきゃぴきゃぴした感じでもなく、元が陰キャだったのもありダウナー系といったところだろうか。

「可愛い可愛い」

「……な、何その言い方、何かムカつく」

氷菓は口元を手で押さえ、少し顔を背けながら言う。

「あのー、もういいか？　ホームルーム始まる前にトイレに行っておきたいんだが」

今は氷菓に構ってる暇はない。普通に漏れる……！

ていうか時間だってそんなにないんだよ、何、もしかしてトイレ行きたい人を強引に引き留めて漏らさせるドッキリですか!?　そういう動画投稿が流行ってるの!?

氷菓はんんっと咳払いする。

「勝手に行けばいいでしょ、私に許可取る必要ないし」

「引き留めたのはそっちなんだが」

「あんたが振り返るからでしょ！　別に伊織に会いにきた訳じゃないし、ただ外の空気吸いたかっただけ」

「まあ、確かに振り返ったのは俺か……」

いや、そうなのか？　わからなくなってきた。

ただもう今はさっさと認めて、全肯定で受け流した方が早く解放してくれそうだ。

「とにかく、少しは変わろうとしなよ。私なんて、ラブレターとか――」

「氷菓ぁ、真島くんと話せたのー？　……あっ」

氷菓の言葉を遮るように、ガラガラ！　と教室の扉が開き、中から氷菓の友達のギャル――一ノ瀬梓が現れ元気よくそう言う。

しかし、俺と氷菓の顔を交互に見て何かを察したのか、テヘッと舌をだすと、そーっと扉を閉め中へと戻っていく。

氷菓はプルプルと震えながら、こちらを見ずに言う。

「……さ、さっさとトイレ行けば。私は戻るから」

そう言って氷菓は扉を開けると、教室へと戻っていった。

やっぱ何か言いにきたんじゃん……と思いつつも、これ以上話が伸びると漏れるので俺は静かに氷菓の後ろ姿を見送る。

去年までは別クラスだったから、廊下でたまに会った時や今朝みたいに朝遭遇した時なんかにありがたい言葉を頂いていたが、これからは同じクラスだ。

中学の頃のような「地味同士」という共通項は消え去り、片やクラスの人気者、片や完全空気の生徒A。俺と氷菓を繋ぐ紐はいよいよもう残り数本といったところかもしれない。

変わっていった氷菓と、変われないと悟った俺。

まあ、人間なんて個体差があって当然だよなと自然と受け入れてしまっている。ポテンシャル以上を望んでも、お互いのためにならないしな。必然ではある。

全員が全員主人公という訳にはいかないんだから。

だからなのか氷菓の言葉が突き刺さる氷のナイフのような正論だとしても、既に諦念している俺にとってはおもちゃのナイフのようなもので、傷をつけるには至らない。

それが正しい思春期の学生の精神性かと言われれば確実にＮＯではあるのだろうが、自分で自分の立ち位置を客観的に理解できているんだ、問題はないだろ？

だけど、氷菓と同じクラスとはこれからが思いやられるな。

……まあいいや、さっさとトイレ行こう。

そうしてぐるっと身体を反転させた、その瞬間。

『キーンコーンカーンコーン』

無慈悲な鐘の音が、校内に響き渡る。

「冗談だろ……」

いや、諦めるな。走ればまだ間に合うかもしれない。チャイムが鳴っている間に——

「あら、ホームルーム始まるわよ。教室に戻りなさい」

「先生……ちょっとトイ——」

「何ごにょごにょ言ってるの？　ほら、早くしなさい」

「……はい」

俺は溜息をつき、踵《きびす》を返す。

これで足下にため池が生成されたら氷菓のせいだからな……。

◇　◇　◇

午前の戦いを終え、俺は購買で買ってきた焼きそばパンを広げ、スマホを眺めながらモグモグと食べる。

例の如く、教室の前の方で氷菓たちリア充軍団が机をくっつけ昼ご飯を食べ始めていた。

「――つまり、それが袋だった訳！　有り得なくね!?」

「あはは、それはアホすぎでしょ！　――……って、どうしたの氷菓？」

一ノ瀬梓は隣の席で少しぼーっとしている氷菓の顔を心配そうに見る。

「氷菓ちゃん？　何かあったん？」

「あー実は……」

氷菓は何やら手紙のような物を机の上に出す。

俺の席からは何の手紙かまでは見えなかったが、周りの奴らがすぐにそれが何なのかを説明してくれた。

「これって……ラブレター!?」

「うっお、マジ!?」

「はは、すごいな。モテるな東雲《しののめ》は」
ラ、ラブレターだ!?　あの氷菓が!?
俺は思わずガタッと机を揺らす。

いや待て、まさか朝言いかけてたのってこれのことか？

だが、クラスの男子の評価を考えれば妥当のような気も……。あの地味っ子だった氷菓がラブレターをもらう側になるとは。

とはいえ、俺はそんなに恋愛というものに興味がない。というより、少し避けている節がある。それは、ある種のトラウマからくるものだった。

忘れもしない中学一年の夏。俺は隣の席になった島崎日和という女の子を好きになった。

きっかけは他愛もないことだった。クールキャラで通していた俺はいつも通りクールぶっていた訳だが、何を思ったか島崎日和は俺のことをよくからかった。俺の話に楽しそうに笑ったり、俺の肩を叩いて大笑いしたり、とにかくボディタッチが多かった。

そりゃあれだけフレンドリーに、何の抵抗もなく身体を触られれば勘違いしてもおかしくない。

万能感を持っていた俺は、確実に俺のこと好きだろ！　と思い込み、一人舞い上がっていた。

それを話した時の氷菓の呆れた顔は忘れられない。恐らくあれは女同士の勘というやつだったんだろう。

氷菓にはわかっていたのだ。そんな女の子止めておいた方がいいよだの、カースト上位の女の子がそんな好き？　地味じゃダメなの？　だの、やたらと否定する言葉が多かった。そんな氷菓の反応に苛立ち、半ば意地を張る形で意を決して俺はこっそりと島崎日和への告白を決行した。

結末はご想像の通り。現在の俺の姿を見ればわかってもらえるだろう。

思い返すだけで恥ずかしい過去である。それ以来、島崎日和が俺に話しかけてくることは無くなった。

この出来事がきっかけで、俺は自分という人間の立ち位置を理解した。

それからは、俺は自意識過剰にならないように、できるだけ客観的に自分を見るようになった。そう考えれば、いいきっかけだったのかもしれない。

思い返せば氷菓が俺に当たりが強くなったのもこの辺りだったか。女に振られるような俺に愛想をつかしたのかもしれない。

そんなわけで、俺は別に女の子とどうこうしたいという気持ちは殆どない。だから、誰が誰とくっつこうがどうでもいいのだが……一応は昔から知っている奴にそういうイベントがありそうだというのなら、野次馬根性？　みたいなもので少し気にならないでもない。

するると、氷菓は目を瞑《つぶ》り、大きく溜息をつく。

「もう毎週のように告られて疲れるんだけど……」

毎週だと……!?　何だその勝ち誇った顔は。止めろマジで。

隣の短髪の男が、少し上を見上げながら言う。

「そういや氷菓ちゃんを紹介してくれって男多いんだよなあ……」

「健吾の友達とかそういう知り合い多そう」

「偏見えぐいな!?」

「そんなことより、氷菓に告白とか本当何回目って感じじゃん。あたしにも分けて欲しいんだけど～」

一ノ瀬梓は机の上にぐでーっと倒れこみ、いじけるように猫なで声で言う。

「梓だってモテるじゃん」

「あたしなんか全然。で、誰なの今回は」

「六組の久遠《くおん》って人」

瞬間、一ノ瀬梓たちが息を呑むのがわかる。

誰だ、久遠？　聞いたことないな。そんな知らん奴が氷菓に告白？

いつの間にそんな深い仲の知り合いが出来てたんだ。前のクラスメイトか？

すると、一ノ瀬梓たちが堰を切ったように声を張り上げる。

「えっ、マジ!?　ちょーイケメンじゃん！」

「久遠か……確かにあいつイケメンだよな。サッカー部のエースらしいし」

隣のパーマをかけた別のイケメンが言う。

おいおい、イケメンだと……？

そんな奴が氷菓に告白!?　どうなってんだ……氷菓よ、お前はどこまで行く気だ……。

「で、どこに呼び出しされたん？」

「放課後に六組の教室だって」

「うえ～めっちゃ自信満々じゃん！　氷菓ちゃんに断られる気サラサラないやつ。放課後だったら人も全然残ってそうだぜ」

「度胸あんねえ、久遠。どうすんのさ氷菓」

「まあ……ちょっと考えてみるよ」

美男美女のカップルか。これは明日とんでもないことになりそうだな。

まあ、俺には関係ない話だけど。


――放課後。

帰り支度に手間取り、トイレに寄っていたらいつもより少し遅くなってしまった。

さっさと帰ろうと下駄箱で靴を履き替えていると、生徒たちがせわしなく走り回っているのに気が付く。何か面白いことでも起きたらしい。

「おいおい、久遠先輩が東雲先輩に告白したらしいぞ!?」

「氷菓さんに彼氏が!?　やだあああ！」

そんな叫ぶような下級生たちの声。それに伴い、男達の野太い悲鳴が聞こえる。

その声に、俺は僅かに身体の動きを止める。

どうやら昼に氷菓が言っていたラブレターの件らしい。

「…………」

別に俺は氷菓が付き合うことになるとかどうでもいいんだけど……気にならないと言えば嘘になる。

決して、氷菓が誰かと付き合うというのが気に食わないとかそう言う訳ではない。この感情は……そう、今はもう通っていない、小さい頃よく通っていた駄菓子屋がいつの間にかフランチャイズのコンビニを始めていて、え、どんな風に変わっちゃったの？　と好奇心が湧くようなものだ。

それに、氷菓はいつもあんなに氷のように冷たい視線と、凍てつくような小言を言ってくる女だ。それが、自分のことを好きなイケメンの前ではどんな甘い声を出すのか、怖いもの見たさもある。

あれだけ高校デビューに成功した美少女（外面だけ）なら、今まで彼氏がいてもおかしくなかったんだが、これまで彼氏がいたという噂は聞いたことがない。

「余程の面食いなのか、それとも既に大学生とか年上の彼氏が――」

「誰が面食いよ、誰が」

不意に真上から降ってきた冷めた声に、俺はびくりと身体を震わせる。

独り言は周りを見てから言うべし、教訓としてこの身に刻んでおこう……。

振り向くと、やはりそこに立っていたのは氷菓だった。

「なに、いつもはあれだけ興味ないふりしておいて、私が付き合うかどうか心配してた訳？」

氷菓はニマニマとした顔で、何だか嬉しそうにこちらを見てくる。

なんだこの勝ち誇った顔は……そんなにイケメンから告白されることが偉いのか!?

「そんな訳ないだろ。そもそも付き合うとか、そう言う話に興味ないし」

「あっそ。久遠君ってあんたと違ってイケメンだからねー。あんな人に告白されたら誰だって断らないよね」

氷菓は靴を下駄箱から取り出し、ぽんと下に放る。

俺は付き合うという行為にあまり興味がない。それは、やはり過去の告白のトラウマもあるのだが、なにより一番はこの客観的に見てしまう性格だろう。

仮に好きになったとしても、どうしても釣り合いを考えてしまう。バランスがとれていなければ、相手にも迷惑だし、幻滅させてしまうかもしれない。

そう考えると、俺は始めから人を好きにならない方がいいかも知れないと、壁を作ってしまうのだ。

とはいえ、告白というものは確信がある時にしかしないものだ。相手が自分のことが好きだとわかっている時のみに発動する確定演出だ。

そうでないと、あの時のような大惨事が引き起こされる。そこら辺は、俺なんかよりリア充たちの方が上手いのだろう。ということは、氷菓も必然的に……。

俺は思わず思ったことを呟いてしまう。

「お前はそいつのこと……好きなのか？」

「久遠君？」

俺は頷く。

「別に」

「はあ!?　いい雰囲気だから告白されたんじゃないんですかね？」

「だって私久遠君と話したこともないし」

「じゃあなんで告白されるんだよ……そういうのって、相手が自分のこと好きって確定してないとやらないもんだろ、普通」

　すると、氷菓が一瞬ポカンと呆ける。

「……あんたがそういう事言うんだ。一体どの口が……」

　氷菓はジトーッと目を細めこちらを睨《にら》む。

「な、なんだよ」

「なんでもない。そもそも私は告白された側だから、向こうがどう思ってるかなんて知らないし、私が聞きたいくらい。一体なんで告白されたんだか」

　余計に訳がわからない。天上人たちの恋愛は高度すぎてわからん。

「というか、せっかく付き合ったんなら一緒に帰ればいいんじゃないの？　部活とか？」

「はあ？　何言ってんの、付き合ってないし、私」

「え……？　なんで……？」

　流れ的に付き合ったみたいな感じじゃなかったか!?

「何でって、好みじゃないし」

　さっき誰だって断らないよね、とかいってなかったか？

　一体どれだけ高いハードルを設定しているんだこいつは。強欲の塊みたいな奴だな。

「訳がわからん……」

「あんたにはまだ早い世界でしょ。人の好意とかに鈍感だしね」

　まさにその通りかもしれない。辛い教訓が思い出される。

「そうか……まあ、身近にお前のことが好きな奴が他にもいるかもしれないしな、早まる必要はないか」

「え？」

瞬間、氷菓がバッと顔を上げ、俺の方を見つめてくる。

「なに……え、それって……ど、どういう意味……？」

「？　どういう意味って、言ったまんまの意味だけど……」

「私が、気付いてないだけかもってこと……？」

「まあ」

言うと、氷菓は気まずそうに目をキョロキョロさせ、前髪をいじいじと触る。

「もしかして……それが言いたくて、ここで私を待ってたの……？」

氷菓は急にしおらしく身体を縮め、唇をぎゅっと結ぶ。

その目は少し潤み、まっすぐに俺を見つめている。

「いや、俺は普通に帰ろうとしただけだけど」

何言ってるんだろうかこいつは。そんなこと言うためにここにいる訳ないだろ。

「……は？　じゃあ身近な人って誰のこと言ってるの……？」

「いや、俺に聞かれても。よく一緒にいるイケメン二人とか、何かその辺じゃないの？　変に知らないクラスの奴よりはいいだろ」

　俺のその言葉に、氷菓の顔がみるみると元の冷めた顔に戻っていく。

　そして、頬を赤らめ鬼のような形相で俺を睨む。

「こ、告白されたこともないくせに余計なお世話なんだけど!? 何様のつもり!? あ、あんたみたいな無気力なやつ、たとえ身近でもこっちから願い下げだから！ 烏滸《おこ》がましい！」

「なんてこと言うんだ。一意見を言っただけなのに……」

　まあ、確かにおっしゃる通りですけども！

「紛らわしいのよ！ 経験ない癖に批評家気取りしてないでくれる!? そ、そんなことよりまずあんたは自分の心配しなよ！ まったく……そんなんだからいつまでもボッチなのよ……！」

　ふんふんと、氷菓は鼻息荒く捲し立てる。

　どうやら地雷を踏んでしまったらしい。

「急に圧が強いな。だから、俺は恋愛に興味ないし、それにボッチも結構楽しいぜ？」

「ああ言えばこう言う……。はぁ……。こんな奴、放っておいた方が私のためかな」

　氷菓は頭を抱える。

「そうかもな」

「……あっそう。いいわ、せいぜい陰キャ生活続ければいいじゃん。私が超絶イケメンと付き合って、幸せな生活を送るのを唇噛みしめながら底辺から見上げてればいいよ。そうなってから、言うこと聞いていればって後悔しても遅いからね」

「いやいや、そんな――」

「それじゃあ。せいぜいボッチ楽しんでね」

と、俺が反論する間もなく氷菓は捨て台詞を吐くと、足早に去っていく。

校舎から遠ざかるその背中を見届けながら、俺は小さく溜息をつく。

一体何だったんだ……。

俺は鞄を持ち、靴を履く。

新学期早々、大分騒がしい日々となってしまった。目立ちすぎは不相応なんだけどな。

それにしても、ここ最近じゃ一番のツンツンだったな。さすがに少しダメージが入る。

こういう気分の時、昔は良く映画を見てリフレッシュしていた。

そういえば、氷菓と小さい頃よく一緒に映画を見たっけ。あの頃は氷菓から率先して見ようと見ようと乗り気だった気がする。

努力家だからか、そう言った娯楽はあまり通ってこなかったようで、俺が見せた映画が気に入ったらしく、それから月二回は一緒に映画を見ていた。今じゃ考えられないけどな。

今なら俺が隣に座っただけでブチ切れてポップコーンを頭からぶっかけてきそうだ。

……さすがに盛り過ぎか。

そんなことを思い出すと、何だか久しぶりにその気になってくる。たまには見に行くのもありか。

何か面白いのやってるかな。

そうして俺は心の平穏を取り戻すため、久しぶりに映画館で映画を見てリフレッシュすることに決めたのだった。

◇　◇　◇

電車で一駅行ったところに、大型ショッピングモールがある。その中に、この辺りでは一番大きい映画館があった。

俺は映画を見ることで、いろいろと発散することがよくあった。

別にストレスを溜めるような性格ではないけど、カラオケに行ったり、運動したりして皆がストレスを発散するように、俺は映画を見て感情を発散していた。

あまり喜怒哀楽がないタイプだから、他人の人生や感情を追体験することで、普段動かない感情が動くことに解放感を覚えるのかもしれない。

まあ、なんだかんだ言っても、ただ単に俺が映画が好きだってだけの話でしかないんだけど。

放課後デートをするカップルや、ゲームセンターに通う生徒達の集団を横目に、俺はショッピングモールの外れにある映画館へと向かう。

段々と辺りが暗くなり、映画広告ポスターのたくさん張られた通路を抜けると、徐々に聞こえてくる映画予告映像の音声。そして、鼻腔を突くポップコーンの香り。

それだけで気分が高揚してくる。慣れた手つきでチケットを購入し、売店でカタログを眺める。

一通り満喫した後、ちらっと時計を見ると開始までまだ三十分ほどあった。

今すぐポップコーンや飲み物を買ってもいいけど、そうすると始まる前に結構食べちゃいそうだな。

どこで時間を潰すか……本屋で立ち読みしてもいいし、ゲームコーナーでメダルゲームに興じてもいいが……そこまで時間はないか。

ぶらぶらと歩いていると、屋上へと続く通路を見つける。ショッピングモールの屋上は出られるようになっていて、ベンチなどが並ぶ休憩スペースとなっている。あそこなら、暇つぶしにちょうどいいかもしれない。

長い通路を歩き階段を上がって屋上に出てみると、びゅうっと強い風が吹く。まだ肌寒い、春の風だ。

土日になると、この小さなステージで着ぐるみショーなんかがあってそれなりに賑わっているのだが、今はまだ肌寒いからか、それとも平日だからか、ご覧の通り閑散としていた。パッと見ても、俺以外の人影は見当たらない。

俺はダラダラと屋上を歩き、柵の近くから遠くの景色を眺める。

五階建ての屋上からの景色は、街をある程度一望できた。

特にこれといって特徴的な景色でもないが、何だか視点を変えて上から見るのも意外と悪くない。

すると、いつの間にか隣には少女が立っていた。俺が景色に夢中になっている間に来たようだ。

その少女も遠く、街を見つめていた。

その横顔はハッとするような美少女で、綺麗な茶髪が風に靡いていた。

時折、「おー!」とか「もしかしてあそこ……」とか独り言を呟いており、景色をかなり楽しんでいるようだった。

だが、さすがに隣で景色を見るのはなんか気まずいな……。

そっとその場を離れようとしたその時、俺は衝撃的な光景を目の当たりにした。

「はっ……?」

その少女は「よし」と小さく呟くと、裸足になり、手すりを越えようと足をかけ始めたのだ。

「よっと」

「待て待てぇ!!」

「えっ――」

少女がこちらを振り返るより先に、俺は後ろから思い切り少女に抱き着く。

ガシッと身体を掴み、強引に後ろへと引き倒す。

「きゃっ!!」

少女の甲高い悲鳴。

そして、ドシン！　と俺は地面に尻から落ち、衝撃が身体に走る。

「いってええ……は、反射的に手が……」

やば……びっくりしすぎて咄嗟《とっさ》に手が出てしまった……。

「ちょ、ちょっと……どこ触ってるのかなあ……?」

「え……?」

言われて、俺はいつもと違う感触を手に感じていることに気が付く。

少女を引っ張ってしまったことで、俺の股の上にその少女が後ろ向きに乗り上げていた。

そして、後ろから少女を抱きかかえるように回した手には、少女の張り出した胸が、完全に鷲掴《わしづか》まれていた。

「――」

想定外の状況に思考停止し、俺は思わず確かめるように二度、手をにぎにぎと動かす。

「んっ……」

少女の変な声にハッと我に返ると、俺は慌てて手を離し勢いよく立ち上がる。

「あ、いやその……ご、ごめん!!」

「もう、急に何さ、折角景色見ようとしてたのに～！」

茶髪の少女は、パンパンとお尻の土を払いながら立ち上がる。

その顔は、驚くほどの美少女だった。

はっきりとした目鼻立ちと、派手なセミロングの茶髪。胸は大きく、男の理想のような体形。ショートパンツから伸びる生足に、嫌でも視線が吸い寄せられる。

「ねえ、聞いてる？」

容姿に呆気に取られている俺の顔を覗き込むように、少女は「もしもーし？」と声を掛ける。

「いや、えーっと……飛び降りようとしてたんじゃ？」

「ないよそんなの！　え、まさかそう勘違いしちゃった？」

俺は頷く。

すると、少女は一瞬目をキョトンとさせた後、あっはっは！　と笑い声を上げる。

「久しぶりに街に帰って来たから、高いところから見ようと思ってさ。飛び降りとかないない」

だからって手すりを越えようとするか!? と反論が出かかったが、触ってしまった手前そんなことを言えるわけが無かった。

「そうなのか……引っ張っちゃって悪かったな」

「ううん、気にしなくていいよ。まあ、胸は……揉《も》まれたけど」

「それは本当にごめんなさい!!」

俺は慌てて全力で頭を下げる。

「ふふ、別にいいよ、減る物じゃないしさ。わざとじゃないんでしょ?」

その天使のような少女は、俺を気遣ってかそう笑顔で言う。

減るもんじゃないとか、絶対俺のために言ってくれてるよなあこれ……。

すると、少女は少し怪訝な顔をして言う。

「……わざとじゃないよね?」

「ちがいますよ!? 偶然です、たまたまです! 勘弁してください!」

俺は半泣きになって叫ぶ。

「あはは、面白い! なんか、君昔仲が良かった子に似てるな。優しくて、面白くて……」

すると、少女はムムッと顔をしかめ、じっと俺の顔を見つめる。

「な、何すか……」

ち、近い……。

「あれ、君……もしかして……光陵高校の人？」

「え、あぁ、まあそうだけど……何で──って制服か」

うんうんと、少女は頷く。

「え、学校に通報とか……」

「しないよ、もう疑り深いな！」

「何だか許されはしたけど、触ってしまった手前居心地が悪いんだよ！」

「気にしてないのに。けど、制服だけじゃなくて、君──」

瞬間、ボーンボーンと、十七時を告げる鐘が鳴る。

まずい、映画十七時からだった……もうそんな時間か！

「あ、この音懐かしいなあ」

「と、とにかく飛び降りじゃないなら良かった！　あの、用事あるからこれで……！　俺もう行くわ！　胸は……本当ごめん！」

「あ、ちょ、ちょっと！」

少女は何か言いたげだったが、俺は不審者のように、逃げるようにしてその場を後にした。

映画もあるが、許してくれはしたが、さすがに気まず過ぎる。

いくら狭い街とはいえ、もう会うこともないだろう。

今度から本当に気をつけよう……と、自分の行動を嘆くのだった。


一人取り残された少女は、走り去っていく少年の背に手を伸ばすが、その姿は直ぐに視界から消えてしまった。

「やっぱり……そうだよね？」

ただ懐かしい景色を見に来ただけだったのだが、それよりももっといい物が見れてしまったと、少女は微笑む。

「咄嗟に人助けとか、変わってないなあ」

◇　◇　◇

「はぁ……」

俺は机にだらっと倒れ込み、ぎゅっと目を瞑る。

机が冷たい……気持ちが良い。昨日の一件のせいで、あまり眠れなかった。

美少女……ではあったな。まあ、氷菓とは違うタイプだけど。どちらかというと氷菓よりもっとギャル寄りか？

スタイルも……と、昨日の感触を思い出す。

違う違う！　わざとじゃないんだ、こんなことを思い出すな！

俺はブンブンと頭を振る。邪念を払わねば。

あんな早とちりをしてしまうとは、俺はなんてことを。

あの子は許してくれると言っていたけど……はぁ……。

「おはよう、氷菓！」

「あ、おはよう梓」

俺が机で白けた顔で項垂《うなだ》れていると、丁度氷菓が登校してくる。

教室の入口の所でギャルと仲良さそうに手を握り合っている。

やめろやめろ、百合展開は求めてないぞ。……まあ、見れるなら見るけど。

すると、俺の儚げで憂いのある表情に気付いた氷菓が、俺を見て口を開く。

「うっわ、朝から酷い顔。また懲りずに徹夜でもしたわけ？」

氷菓の鋭い言葉が、寝不足の身体に染み渡る。

「わかってくれるか、だからテンション低いんだよ今」

「別に……私だけが察してる訳じゃないし。ねえ？」

と、氷菓は隣の一ノ瀬梓に同意を求める。

「うーん……そう？　あたしはよくわからないかも。それって、徹夜なんかしてないでちゃんと寝てって意味で言ってる？」

するると、氷菓はうげっと苦い顔をする。

「全然ちがうから。誰が伊織の心配なんか。そういう意味じゃないし」

「えー、でも氷菓って真島くんのこと結構見てるよね、ちょいちょい話しかけるの見るし。同じクラスになったから余計に？」

「はあ!?　いやいや、目に入るだけだから、本当に！　白い紙に黒い点があったら目が行くでしょ、それと同じ。ちょっと昔から知ってるだけで、別に特別絡んでるわけでもないし、本当やめてよね梓、変な噂流れたら迷惑だから」

氷菓は早口で捲し立てる。

いつものクールな表情とは打って変わり、僅かに頬を赤らめている。

どうやら余程絡んでいると思われたくないらしい。まあ、カースト上位が下位と話しているところを見られるのはちょっと厳しいか。

「あはは、ごめんごめん。でも、氷菓って真島くんに結構厳しいよね」

「あぁ、それはいいのいいの。ちゃんと言ってくれるのなんて幼馴染の私くらいなんだから。逆に感謝して欲しいくらいだし」

そっかー、と一ノ瀬梓は腕を組み俺の方を見る。

俺は、まあ別に気にしてない、の意味を込めクイッと肩を竦める。

「不思議な関係だねえ。まあ、でも確かに……氷菓と比べて真島くんて影薄いよね」

「ほっとけ！　好きで影薄いんだよ俺は」

「何それ、うける」

何が面白かったのか、ギャルはフフッと鼻で笑う。

「昔はこんな感じじゃなかったんだけどね。まったく、私ばっかり成長しちゃって、張り合いないんだから」

「俺は他人と張り合うつもりはないんだよ。自分の限界を理解してるからな」

「ああ言えばこういう……伊織って昔からそうだよね」

「昔から……」

一ノ瀬梓が口元を押さえ、キラキラした目で氷菓を見る。

だが、氷菓はそれとは正反対に、どんよりと沈んだ顔を見せる。

「梓何勘違いしてるの、昔からって変な意味とかないから。……ただ昔から知り合いで、家が隣ってだけで、別にそんな珍しいことじゃないし。第一、最近はそんな仲良くないし、そりゃ多少挨拶くらいはするけど、それだけっていうか。まあ、確かにそこら辺の男子よりは理解はしてるけど、所詮陰キャで何考えてるかなんてよくわからないし、わかったとしても別になんのアドもないっていうか――」

「わかったわかった、降参！　あたしが悪かったよ」

一ノ瀬梓は目を細くし、引きつった顔で降参する。

「……梓ってすぐそう言うのに結びつける癖あるよね」

「悪かったって、機嫌なおして！　ということで、感謝しなよ真島っち。ありがたいお言葉をいただいてるんだからさ、ちゃんと応えてやりなよ」

言いながら、一ノ瀬梓はウィンクする。

何それ可愛い。

「真島っちって……」

「いいよもう。伊織なんて放っておいて。それより、古文の課題やった？」

「やばっ、やってない!!　氷菓様見せてぇ……」

「都合良いなあ」

二人は俺のことはさらっと興味をなくし、席へと戻っていく。

一ノ瀬梓の方はチラッとこちらを振り返り、ニマニマと笑みを浮かべていたが、特に何も言うことなくそのまま離れていった。

あの人ちょっと気まずすぎるんだよなあ……確かに可愛い。可愛いし悪気がないのは伝わってくるんだが、如何せん女性に免疫のない俺には刺激が強すぎる。

なんでワイシャツのボタンそんなに開けてるの!!　なんでスカートそんな短いの!!　目のやり場に困るわ!!

ギャルって怖い……。

ようやく静かになった自席で、俺は深く椅子に腰かける。

とりあえず、午前の授業はなるべく起きていよう……無理そうだけど。

「転校生ってどんな子かな？」

昼休み、後ろの方の席からそんな声が聞こえてくる。

「めちゃくちゃ可愛いって噂だぜ」

「東雲さんより可愛かったらどうしよう!?」

「いや、そうそう氷菓ちゃんレベルの美少女なんていないから安心しろ」

どうやら、隣のクラスに転校生が来るらしい。

あまり興味はなかったが、みんなそういうゴシップが好きなようで、お昼休みが始まる頃には噂が学校中を駆け巡っていた。

どうやら美少女とのことらしく、主に男子たちが盛り上がり、クラスは浮き足立っていた。

隣のクラスなら大した接点もないのに、よく盛り上がれるなと俺は溜息をつく。

まあ、陽キャなら簡単に知り合いになるのかもしれない。あいつらのネットワークは凄まじいからな。

その美少女という話題は当然、我が校のアイドルとなりかけている氷菓の耳にも届いているようだった。しかし、比較対象にも挙げられる当の本人は至って普通だった。

「転校生の話題で持ちきりだね～」

一ノ瀬梓は教室の前の方で教室を見回しながら言う。

氷菓はスマホを見ながら適当に「だね～」と相槌を打つ。

「あらら、あんま興味ない感じ？」

「うーん、というかまあ隣のクラスだし、今のところ関係持つ可能性低そうでしょ」

「でもほら、体育は多分合同だからそこでは会うかもよ？」

「あぁ、確かにそっか。けど別に会う前から興味津々ってのはないかな。会ったらその時はその時で」

「氷菓ってばクール～、あたしはどんな子か気になっちゃうな。可愛い子らしいから、意識する女子も多そう。好きな人取られたらどうしようみたいな？」

氷菓はそれに眉を顰める。

「そんなもの？　私、そういうの特に気にしないからさ」

いつもの如く、氷菓はさっぱりとした様子でそんなことを口にする。

確かに氷菓くらいカーストが高ければ気になんてならないだろうな。地味タイプの女の子たちは、自分の好きな子が転校生に取られないかと戦々恐々としているわけだ。

まあ、思春期の男子高校生なんて基本性欲で動いているから、美少女だったらコロッと落ちるんだろうしな、女子の心中はお察しする。

すると、ちょうど氷菓と目が合い、氷菓が俺に言う。

「――まあでも、さすがにこれまで何も浮いた話がない伊織さんなんかは、ちょっと期待してたりするんじゃない？」

ニヤニヤと少し煽るようにこちらを見る氷菓に、俺は肩を竦める。

「どこの転校生がこんな影薄いやつといきなり知り合うんだよ、俺のこと気づくのなんて卒業時にアルバムを見た時くらいじゃねえの。こんな人いたんだ、みたいな」

「えっ、ご、ごめんあたしが影薄いって言っちゃったの、そんな気にしてた……？」

俺がどうやら自分を卑下していると思ったらしく、一ノ瀬梓は困った顔で申し訳なさそうに謝る。

「あ、いや、そう言うつもりは……」

「いいのよ、伊織は。これが通常運転だから。私がいくら言っても変わらないんだから」

「ま、そういうこと」

「なんか変わってるねえ……いいならいいけど」

転校生登場なんて、いかにも物語が動きそうな一大イベントだが、俺にそんなことが起こるわけが無いことは、とっくの昔からわかっている。

そういうイベントは、物語の主人公にのみ訪れるのだ。

――と、その時。勢いよく教室の扉が開く。

あまりの突然の音に、俺を含め教室全員の視線がそちらへと向けられた。

そこには、一人の少女の姿があった。

髪を片耳にかけた茶髪のセミロングヘア。上着を脱ぎ、カーディガンを腰に巻いた活発そうなその見た目。そして、これでもかと大きな胸が存在感を主張している。

一瞬教室中がしーんと静まり返り、少し遅れて、「え、誰？」「こんな子いたっけ？」と教室が静かに騒めく。

しかし、クラスのその反応とは裏腹に、俺はその子の顔にどこか見覚えがあるような気がした。

「えーっと、このクラスだよね……？」

少女はクラス中の注目など気にする素振りもなく、誰かを探すように教室の中をキョロキョロと見回す。

うーん、どこかで見たような気がするんだけど……。

確か、こんな巨乳な子をどこかで――

「――ああっ!?」


瞬間、俺は思わず変な声を上げ、慌てて口を押さえる。

その声に、クラス中が何事かと振り返る。

すると、教室中をキョロキョロと彷徨《さまよ》っていた少女の視線が、ギュインと俺へと向けられる。そして、パーッと満面の笑みを浮かべる。

この子は…………屋上で飛び降り未遂していた……！

「大きい声出さないでよ、びっくりした……」

氷菓は険しい顔でぶっきら棒に言う。

しかし、今はそんなこと気にしていられない。

「いた!!」

入り口の美少女はそう声を張り上げ、俺目掛けてズンズンと教室の中へと入ってくる。

そして俺の目の前までくるとニコッと太陽な笑みを浮かべ、一言。

「伊織！　会いたかった！」

「……はい？」

「はあ!?」

ニコニコと笑う少女の瞳が、じっと俺を見つめる。

その横では、氷菓が見たこともない顔で目を見開いていた。

第二章　二人の幼馴染

目の前には美少女の顔があった。

クリッとした少し垂れ気味の大きな瞳。長いまつ毛、薄桃色の唇。

パーマなのか癖っ毛なのか、毛先が少しカールを描いている。

それに、何だかいい匂いがする。香水だろうか。

少女は机に両手をつき、俺の顔を覗き込んでいる。

そのせいで、ワイシャツの襟元からチラリと谷間が見える。俺の視線は無意識に吸い寄せられ、自然と生唾を飲み込む。

あまりに無防備すぎる……！

お得意の客観的視点なんてやつは、まったくもって役に立っていなかった。

「伊織、聞いてる？」

目の前の美少女が、当然のように俺の名を呼ぶ。そこでハッと我に返る。

そうだ、危ない。あまりに非現実的な展開に脳がトリップしていた。

そもそも、何だこの子……昨日の飛び降り未遂の女の子だよな……？

何でうちの高校に……というか、噂の転校生だよな？　まさか偶然……いやいや、あり得ないって。そんな偶然あるわけない。

昨日たまたま知り合って、ひと悶着あった美少女が翌日転校してきました、なんて創作でしかありえないでしょ。

そもそも、なんで俺の名前を知ってるんだ？　昨日が初めましてだったし、そこで俺が名乗ったわけでもないのに。

学生証なんて落としてないし、俺の名前を知りようがないはずだ。

いや、もしかしたら、やっぱり胸を揉まれたことを根に持っていて、様々な人脈を駆使して俺を探り当てたのか……!?　それとも、もしかして俺を殺しに来た未来からの刺客ですか？　ＡＩが反乱でも起こすの？

俺は混乱し、思考回路はショート寸前だった。しかし、俺なんかよりももっと混乱していたのは周りの方だった。

誰一人として俺の席に転校生の美少女が駆け寄ってくるなんて予想しておらず、「何で真島？」「知り合い？」「どういう関係？」と教室中がザワザワと揺れていた。

そんなざわつく教室の中、聞き慣れた声が聞こえる。

「伊織……何、この子。どう言うこと？」

氷菓は苛立たしげな表情を浮かべ、腕を組む。

普段なら氷菓の言葉はさらっと受け流してしまうのだが、今回ばかりは同意見だった。

「助けてくれ、俺が聞きたい」

しかし、次の瞬間。その少女は周りのことなどお構いなしに、両手を広げ、そして――

「久しぶりぃぃ!!」

――俺に抱きついてきたのだ。

「うおっ……!?」

「「「はあああああ!?」」」

クラス中から悲鳴に近い叫び声が上がる。

少女は俺の首に両腕を回し、がっちりと抱き着いてくる。

な、何、何だこの状況!?

い、いい匂いだ……髪サラサラ……素肌が直に当たって体温が……――というか胸がっ……!!

俺の身体はあまりの出来事に完全に硬直し、両手は行き場をなくしてわなわなと宙で震えていた。

心臓が一気にドクンと跳ね上がり、思考能力が低下していく。

一体何故俺がこんな状況に陥っているのか、何かもうどうでも良くなってきた。

普通に、最高。

「な……朝から……何やってんの!?」

離れろ！　と、氷菓は強引にその少女を引き剥がす。

「あらら？」

俺が腕の中からこぼれ落ち、その美少女はきょとんとした顔で不思議がる。

「えー、駄目なの？」

「駄目でしょ！　何勝手に……じゃなくて、教室でそんなことしないで。一応人前なんだけど」

氷菓はごほんと咳払いしながら、そう少女を窘《たしな》める。

「久しぶりに会えてつい」

「つい、じゃなくて……。伊織、本当に何この子？　ずいぶん嬉しそうにべったりしてましたけど」

氷菓の突き刺すような視線が俺を射貫く。

「あーあはは……俺に聞かれても……」

「えー、忘れちゃったの!?」

「いや、昨日いろいろとあったのは覚えてますけど……」

「いろいろ……？」

ぴくりと氷菓の眉が動く。

別にここまで抱きつかれるようなことをしたわけでもないし、むしろビンタされてもおかしくないことをしたんだが……正直俺も現状を理解できない人間の一人だった。

当事者なのにこんなにわからないことってあるんだな。

「何それ、ナンパでもしたわけ？」

「自分がよくわかってんだろ、俺がそんなことできる訳ないって」

まあそうだけど、と氷菓は納得し、改めて美少女の方を向く。

「……で、あなたは何？」

「私？」

少女は振り返り、氷菓の方を見る。

二人が並ぶと、よりお互いの美少女感が引き立つ。

まさに温と冷。太陽と月。胸とお尻だ。

氷菓は腕を組み、転校生の前に立ちはだかる。

なんだ、美人同士同族嫌悪か？　争いは醜いからやめな？

「そうよ」

「私、雨夜陽《あまやよう》！　転校してきたんだ、よろしくね」

「見かけたことないからそうだろうとは思ったけど……。そんな転校生が伊織に何の用？

転校生がいきなり挨拶しにくるような大層な男じゃないでしょ。私がいくら言っても全然変わろうとしないし、グータラだし、朝だって寝癖つけてくることもあるような男だよ？」

何か余計な情報が多く混じってた気がするが……。

すると、その美少女が反論する。

「そんな言い方しなくてもいいと思うけど、伊織が可哀想だよ」

「可哀想って……何であなたが……」

「伊織とは知り合いだからね。そりゃ挨拶にも来るよ！」

転校生は自信満々に言う。

「挨拶にしては過激だったけど……」

氷菓は目を細め視線に僅かな軽蔑を込める。

「というか、伊織にこんな可愛い知り合いがいるとは到底思えないんだけど？」

「おっしゃる通りで。いやまあ、確かに昨日ちょろっと話はしたけど……」

とはいえ、あれだけでこうなる訳なくない？

「あのさ、誰かと勘違いしてないか？　俺は君とほぼ初対面なんだが……庇ってくれて嬉しいけどさ」

「えー、だって顔だって伊織そのものだよ！　名前も合ってるでしょ？」

転校生の確信は揺るがないようだ。一体何が起こっているというのだ……あれだけ美少女転校生と接点など持てるはずがないと確信していたのに、まさかいきなり抱き着かれるとは。

すると、そこで周りのざわつきが大きくなっていることに気が付く。

そりゃそうだ、二人の美少女を侍らせてるんだからな、この俺が!!

これはまずい。あまりに目立ちすぎている。

客観的に見て、こんな冴えないやつが美少女とあれこれしていたら確実に不自然だ。俺の今後の学校生活に関わる……！　一旦この場を離れなくては……！

俺は咄嗟に転校生の腕を掴むと、ぐいっと引っ張り、席から立ち上がる。

「ちょっとこっち来い！」

「わあ？」

「はぁ!?　ちょっと伊織!?」

周りの声は気にせず、俺はそのまま教室を飛び出す。

「ちょ、ちょっと学校の案内頼まれてたんだったわ！」

誰に言うでもなく、俺はそう言い訳を叫ぶ。

今はあの注目された場所でいろいろと話が拗《こじ》れて、それを全部皆に聞かれてあることないこと噂を広められる方がまずい。

教室から何だ何だと騒ぎ声が聞こえるが、今は無視するしかない。先行投資と思おう。

俺は注目を振り切るように、転校生を引っ張りながら走る。

「あはは、楽しい～！」

「あぁもう！　余裕ありすぎだろ、何がしたいんだお前！　目立ちすぎだ！」

何故か俺に引っ張られるのを楽しみながらついてくる雨夜陽をそのまま引き摺り、階段へと差し掛かると一気に屋上へと駆け上がる。

屋上の鍵は先生が持っているから開けられないが、屋上前のこの僅かなスペースは人が来なくて快適な、俺にとってのベストプレイスだ。

「はあ、はあ、はあ……」

「楽しかった～！」

久しぶりに走って疲れ果て、俺は階段に燃え尽きるように座り込む。それとは対照的に、転校生は満足げな笑みを浮かべている。

「楽しかったじゃねえよ……一体俺に何の恨みがあるんだ……」

「え？」

「話題の転校生がなんで俺に話しかけるんだって話！　注目浴びちゃったじゃねえか！い、いきなり、だ、抱き着くとか……！」

「ええ、本当に覚えてないの？」

転校生はぐいっと俺に近づく。

顔が、もう鼻と鼻がくっつきそうな程近くに迫る。

だが、照れた俺は勢いよく顔を逸らす。

「……悪いけど、さっぱり。昨日の話じゃないんだろ？」

「私だよ、私！　雨夜陽だよ！」

「いや、さっきも聞いたけど……」

だが確かに、言われてみると俺はその名前に何となく馴染み深いものを感じていた。

特に下の名前――陽。

初めて聞いたわりには口馴染みの良いその名前に、俺も何となく知ってるような気がしてくる。少なくとも、完全に知らないということはなさそうだった。

「ほら、お父さんたちが仲良くて！」

「父さんたちが……？」

「昔お互いの家でよく遊んだでしょ！」

「家……？」

「幼稚園とか小学校低学年の時！」

「小学校低学年の時……家で……」

そういえば、確か氷菓が引っ越してくる前に仲良くしていた奴がいた。

そいつは、しょっちゅう俺の家に遊びに来ていて、いつも一緒に遊んでいた。俺にとって最初の友達と言ってもいい。

そんな記憶が呼び起こされていく。

「確かにそういう子はいたけど……」

あれ、あの子の名前はなんだった？　確か……。

「陽……雨夜陽……？　陽……君？」

「そう!!　思い出した!?」

その雨夜陽の溢れる笑顔を見て、瞬間的に過去の映像がフラッシュバックする。

それは、まだ幼い頃の楽しい記憶だった。

ママゴトや鬼ごっこ、お互いの家でのかくれんぼ……懐かしさが一気にこみ上げてくる。

記憶に浮かぶその姿は、茶髪で活発な幼馴染の姿。


『伊織！』


頭の中に、俺を呼ぶ声が反芻《はんすう》する。

「まさか……ヨウ君!?」

「そう!!　覚えてた！　嬉しい!!」

転校生は俺の両手を握り、ぶんぶんと振る。

「また一緒だよ、伊織！　帰ってきたよ！」

「マジか……！」

今、はっきりと思い出した。

氷菓と出会う前に仲の良かった幼馴染……それが陽だ。

しかし、記憶の姿と現在の雨夜陽の姿がまったく合致しない。

美少女になったとか、スタイルが爆発的に良くなったとか、そういう表面上のものではなく、もっと根本的な事実に対して俺は驚愕していた。

もし仮に、本当にこの美少女が俺の知っている……氷菓よりも古い幼馴染だとしたら。

それは、叫ばずにいられなかった。


「お前って……――男じゃなかったのかよ⁉」


「えぇ？」

転校生――陽は驚いた顔をして、パチパチと瞬きを繰り返す。

「え、私が？」

「そうだよ！」

「どうして？」

「いやだって、あの頃髪も短くて、半袖短パンで、身体もストンとしてたし……」

「……冗談で言ってる？」

「いやいや、あの頃の格好を見たら誰でも思うからな!?」

ええ？　と陽は不思議そうな顔をする。

「そうなの？　うーん、確かにあの頃はもっとこうガサツだったけど……勘違いしちゃってたの？」

俺は縦に何度も頭を振る。

「あはは、なにそれ面白い！　そうだったんだ、気が付かなかった！」

何言ってんのもう！　と陽はパシパシと俺の肩を叩き、お腹を押さえながら大笑いする。

「笑いすぎだろ……」

「だって伊織が！」

くくく、と陽は楽しそうに笑う。

「――はあ、もう、笑いすぎてお腹痛いよ。……まあまあ、幼馴染が女の子で帰ってきたんだからお得でしょ？」

「どういう感性だよ」

まあちょっとお得ではあるけども。美少女だし。

ただ、それが今後何かややこしいことにならなきゃいいが……。

「昨日も思ったけど、伊織はやっぱり変わってないね。優しくて、面白い」

「変わろうとしないって言ってくる奴もいるけどな」

氷菓とか氷菓とか。

「ねえ、せっかく一緒の高校になれたんだからさ、またたくさん遊ぼうね？」

体育座りをし、首を傾けながら上目遣いでそんなセリフを言う陽に、普通の男子なら断る事なんて不可能だろう。だが——。

「無理」

俺は即答する。

「何でぇ!?　あ、もしかしてあの席の近くにいた氷菓って子が彼女だったり？」

「ないない、まず向こうから願い下げだと思うわ」

やっぱ近くに氷菓いなくて良かったな、そんなこと言ったら逆鱗に触れるぞ。

「じゃあなんで？」

「いいか、お前みたいな美少女が俺の周りをうろちょろしてみろ、あいつなに様だ!?　釣り合ってねえ！　と罵詈雑言《ばりぞうごん》やら質問の嵐が舞い込んで、俺の平穏が壊されるだろ！」

まだ氷菓と仲が良かった頃。思春期真っただ中だったのもあり、よく夫婦だのなんだの言われてからかわれた経験を思い出す。高校生とはいえ、それがないとは言い切れない。

「えっ……美少女だなんてそんな……」

陽は頬を両手で押さえ、少し恥ずかしそうに身体をくねらせる。

「褒めてるけど、今その反応だるいな!?」

「うーん、でも私は伊織といたいよ？　それだけじゃだめ？」

「ぬっ……」

ストレートに想いを伝えられることに俺は慣れていない。だからなのか、陽の飾らないストレートな言葉は、どうにもたじろいでしまう。

そう言われて、嬉しくない訳はないのだ。

しかし、中学の告白の一件もあって、女の子に馴れ馴れしくされて変に期待して空回りたくないというのもある。まあ、今の客観視できる冷静な俺なら、そんな過ちは二度と起こさないだろうが、リスクは少ない方がいい。

「とにかく、お互いのために一定の距離をとっておいたほうがいいんだって。男だったらまだしも陽は女の子な訳だし……。せっかく転校してきたんだから、クラスのやつと仲良くすればいいだろ？」

ぶーっと、陽は頬を膨らませ不貞腐れる。

「えー女の子だったらダメなわけ？」

「いろいろと周りの目がだな……」

すると、あっ！　と陽が何かを思いついたように声を上げる。

「伊織……けど、いいの？」

「……なにが？」

陽の空気が変わり、その顔は真剣なものになる。

陽の大きな瞳が、じっと俺を見つめる。

その謎の圧に、俺はゴクリと唾を飲み込む。

そして、陽は自分の胸に優しく触れる。

「昨日……揉んだよね？」

「も――」

ドキン！　と心臓が跳ね上がる。血の気が引いていくのがわかる。

陽の顔は、何か悪戯《いたずら》を企んでいる子供のような表情になっていた。

俺のドギマギとした反応を見て、ニヤリと笑う。

「揉まれたなあ……むにっと……。後ろから。学校の皆が知ったらどう思うかなあ」

陽はわざとらしく遠回しに語る。

「ず、ずるいぞそれは……昨日は気にしてないとか言ってただろ！」

「そうだっけ？　でも揉まれたしなあ……。平穏に過ごしたい伊織君はそれが広まったらどうなっちゃうのかなあ～私はわからないけど」

「ぐっ……事実は事実だから否定しづれえ……！」

故意ではないとはいえ採んだことは事実だ。今もまだこの手に感触が残っている。あんな事実を公表されれば、一体どうなってしまうことか。

俺は確かに一人でいることが好きで、積極的に友達を作ろうとはしていないが、別にだからと言って嫌われたいという訳じゃない。ほどほどに挨拶して、ほどほどにコミュニケーションを取れればいいのだ。

もし陽がこの事実をバラせば、これまで俺が静かに自分を弁えながら生きてきた成果が、一瞬で水の泡となってしまう。さすがに、ずっと後ろ指を指される学校生活は想像したくもない。

逆に秘密にしてもらう代わりに前みたいに仲良くすれば、今度は悪目立ちしながらの学校生活……。

どっちだ、どっちが俺にとって利となる!?

たとえ事故だと言ったところで、陽と仲良くすること以上の不利益を被ってしまう可能性が高いか!?

俺は眉間に皺《しわ》を寄せ逡巡《しゅんじゅん》した後、これはもうどうしようもないと、大きな溜息をつく。

「……わかったよ、降参」

「じゃあ!?」

「……また仲良くすればいいんだろ?」

「本当!?　やった！」

陽は嬉しそうに小さくガッツポーズする。

「ただし、マジであの件は言わないでくれよ!?」

「もちろん！」

いくら故意じゃ無いとはいえ、そんな事実が広まれば俺は変態扱いだ。

客観的に見て、俺は確実に陽に釣り合ってないから有る事無い事言われるかもしれないが……まあ、変態扱いされて社会的に死ぬよりはいいか。

陽は嬉しそうにニコニコしている。

陽も人ごとでは無いんだけど……気にして無いなら別に良いか。

こうして俺は、半強制的に陽との関係を昔みたいに戻すこととなったのだった。

人生、何が起こるかわからないもんだなと、俺は改めて実感した。

◇　◇　◇

「ちょっと、説明してよ」

放課後になり、周りからの質問攻めがようやく少し落ち着き始めたところで、氷菓が俺の席へとやってくる。

普段はこんな時間にやってくるはずないのに、どうやらからかいがいのあるシチュエーションが来たと判断したらしい。

「陽のことか？　あいつは隣のクラスの転校生だけど……」

氷菓は目を細め、ジトーッと俺を睨む。

「そうじゃなくって……あの子、何か伊織のこと知ってるとかどうとか言ってたでしょ。それに、距離近すぎだったし……というか、いつの間にか名前で呼んでるし」

氷菓は少し頬を膨らませ、拗ねたような声で言う。

「まあ……昔通りというか、何というか」

自分が犯した失態のせいというのもあり、なんとも弁明し辛い。

脅されているんです！　何て言えば逆に俺が陽のこと悪く言うことになっちゃうし……俺の失態がバレかねない（本当にわざとじゃないんですけど）。

まごまごと迷う様子の俺を見て、何だか氷菓の顔が徐々に不安そうな顔になっていく。

「何それ……意味わかんないんだけど。まさか、元カノ……とか言わないよね？」

「それはない」

「で、でしょうね……私が知らない訳ないし……」

なんで俺の元カノを把握してるんですかね。……あっ、出来るわけないからいたはずがないという高度な煽りか？

氷菓は険しい顔で長い黒髪の毛先をクルクルと指に絡める。氷菓の癖だ。

「ただの幼馴染だよ、あいつは。そんないかがわしい仲じゃないんだって」

「えっ――」

瞬間、氷菓の顔がまるで滑り止めの大学に落ちた時のような唖然とした表情になり、目が見開かれる。

「き、聞いたことないんだけど……そんな子……！　……幼馴染は私だけでしょ……私そんなの知らないし……」

氷菓は若干のフリーズの後、少し口を尖らせながらごにょごにょと呟く。

えっ、普通そんなこと言わないよね!?　幼馴染申告制度とかありましたっけ!?

「そ、そりゃ言ってないし……氷菓がこっちに引っ越して来る前に仲良かったんだよ」

「幼馴染の割には腕組まれてデレデレしてましたけど……？」

氷菓が腕を組み、ふんと鼻を鳴らす。

「で、デレデレなんてしてねえよ！」

「普通にしてました。本当ありえない。可愛ければ誰でもいい訳？　節操なさ過ぎ」

どうやら何かが気に食わなかったようだ、氷菓はえらくご立腹らしい。

そもそも他の誰かにデレデレしたことも無いってのに……。

別に俺が幼馴染と何しててもいいよなあ……？　ということはまさか……。

「もしかして氷菓も交ざりたかったのか？」

「はあ!?」

氷菓は目を見開く。

「じょ、冗談でもやめて、……誰が伊織とイチャイチャなんかしたいと思うわけ？　そ、そりゃあ何というか生理的に嫌とかそういうことじゃなくて、なんというかステップってものがあるし、いきなり……いやでも、そういう関係から始まるということも――」

「いや、陽と氷菓でって意味で言ったんだけど……さすがに俺はないだろってのは自分でわかるわ」

「っ！」

氷菓は赤面し、キッと俺を睨む。

「うっ……うっざ！　わかってるわよそんなこと！　……良かったじゃん、画面の中じゃなくて、現実で甘やかしてくれる女の子が出来て！」

「どうだかなあ。まあ、確かに慕ってくれるのは悪くはないけど……。冷たくされるよりは接してて気分良いしな。周りの反応やら、釣り合い的にさすがに長く続けたくは無いけど……」

「なにそれ、まるで私は冷たいみたいな言い草じゃない」

「……？」

はぁ？　と、俺は口をポカンと開け、唖然とした表情で氷菓を見る。

この氷の女王様は自分のことをどう評価してるんだ？

「……氷菓も、冗談って言うんだな」

「なっ！　そんなわけ――」

「伊織～！　ちょっと来て！」

よく通る声が、教室の中に響いてくる。

見ると、陽が教室の入口で元気よく手を振っていた。

「……はあ？」

氷菓の顔が歪む。

そんな風に名前を呼ぶなよ、目立つだろ！

帰り支度をしてそれぞれ別々のことを話していた生徒たちが、一斉に陽の方を見る。

「噂をすればね……けど、あんたのこと知ってる割にはあんまり理解はしてないみたいじゃん。あんな大々的な呼びかけで行くような男なら、こんな陰気な感じになってないって」

氷菓はふんと鼻で笑う。

「まあ、そのはずだったんだけどな……」

はあ、と俺は大きく溜息をつきながらカバンを持ち、席から立ち上がる。

もっと秘密裏に呼ばれるなら過去話に花を咲かせるのはやぶさかじゃ無いんだが、どうやら陽は周りをまったく気にしないようで、誰かに見られるとかどう思われるとかまったく気にならないらしい。客観視する俺とは真反対だ。

「えっ……？」

鳩が豆鉄砲をくらったような顔で、氷菓は俺を見上げる。

「ちょっと行ってくるわ、じゃあな」

「え、えぇ……!?」

久しぶりに聞く氷菓の腰の抜けるような声を背に、俺は陽の下へと向かった。

陽は嬉しそうに出迎えると、不思議そうに教室の中を覗く。

「あれ、何か話してた？」

「いや、まあ大丈夫。帰るんだろ？」

「うん！　いや〜一緒に帰れるなんて夢見たい！　久しぶりだなあ！」

陽は嬉しそうに笑う。昔の俺だったら完全に勘違いしていたな。

だが……。

「天真爛漫《らんまん》なのはいいけどこういうところであんまそういうことを言うなよ……。余計変な噂が立つだろ」

「あ、ごめんごめん！」

陽はぱっと自分の口を押さえる。

「まあいいや、帰るか」

「うん！　嬉しいなあ！」

「大袈裟だろ」

楽しそうな陽を見て、俺は思わずふふっと笑う。

こうして、俺の怒涛の一日が終わったのだった。

◇　◇　◇

氷菓は教室から出ていく伊織の背中を追わず、ただ立ち尽くしていた。

「はあ？　意味わかんないんだけど……何それ……」

氷菓は不機嫌そうにそう言葉を漏らし、口を尖らせる。

「私が本来は……そういう風に……」

「お待たせ――って、あれ？」

伊織と入れ替わるように教室へと入ってきた一ノ瀬梓を、氷菓はチラリと見る。

その氷菓のしょぼくれた反応で何かがあったことを悟ったのか、一ノ瀬梓は一度廊下の方を見て、去っていく伊織達の背中を見る。

「おや……？　おやおや……？」

一ノ瀬梓はにやける顔を手で隠しながら、ジリジリと氷菓に近づく。

「何かありましたかな、氷菓ちゃん」

「だるいってその喋り方」

「ごめんごめん。でもなんか、悲しそうな顔してるよ？」

言われて、氷菓はジトーッと一ノ瀬梓を見る。

そして少し伏し目がちに言う。

「……ねえ、私ってもしかして冷たく見える……？　そんなことないよね？」

氷菓は不安気に目をうるうるとさせ、一ノ瀬梓を見上げる。

氷菓にしては珍しく小動物っぽい動きに、一ノ瀬梓は少しキュンとする。

確かに冷たさはあるが、それが氷菓の良さでもある。なんと伝えたものかと一ノ瀬梓は少し思案する。

「……まあ、氷菓ってあたしみたいにキャピキャピしてる訳じゃないし、テンションも一気に上がったりしないからダウナー系ってやつだよね。だからまあ、あたしとかに比べれば多少は冷たく見られがちかも？」

「そ、そうなんだ……」

氷菓はしょんぼりと肩を落とす。

あの何にでも淡々としている氷菓が、これほどまでに感情を揺さぶられるなんて何事だ……？　と一ノ瀬梓は考えていた。

可能性としては、あの男——真島伊織。氷菓がやたらと絡みにいく、謎の男子。あの子の前では、氷菓の態度は普段と少し違う。

転校生となにやらただならぬ関係のようだから、もしかしてそれを見て不安になっているのだろうか？

「これはその、友達の話なんだけど……」

「うん、なに？」

自分の話ね、と一ノ瀬梓は理解する。

氷菓は指同士を合わせながら、恥ずかしそうに語り出す。

「その子には、幼馴染で……その、結構仲がいい友達がいてさ」

仲が良い……？　と一瞬ハテナが浮かぶ一ノ瀬梓だが、氷菓が幼馴染と呼ぶのは一人しかいないため、そのまま話を聞く。

「その幼馴染……どうやら最近いい感じになりそうな子がいるっぽくてさ。なんか……前と少し違うというか、そのいい感じになりそうな子の陽気に当てられて、何かが変わりそうというか……」

「なるほど。その元気っ子の影響で、幼馴染が変わってしまいそうでちょっと心配ってわけ」

「そう。なんかデレデレして満更じゃないっぽいし。それで、話を聞いてみると、なんかその幼馴染は私の友達のことを冷たいと思ってたような節があって……」

「なるほどねえ……それでか」

氷菓は頷く。

「幼馴染だからって安心してたのに……もうどうしていいか……って」

「なるなる。もし氷菓がその人だったとしたら何て思うと思う？」

「わ、私？　……そうだな、やっぱりちょっと寂しいっていうか……もっとちゃんとアピールしておけば良かった……って思うかな」

「ふむふむ、そういうことならあたしに任せなさい！」

一ノ瀬梓は胸をポンと叩く。

「本当？」

「当然っしょ！」

友だちの話という前提も忘れ、氷菓は食いつくように一ノ瀬梓に縋《すが》る。

「でも、どうすれば……」

「もちろん――甘えるの」

一ノ瀬梓はウィンクする。

「えぇ……」

「そう嫌がらない嫌がらない。されて嫌な男なんていないんだから。デレっていうの？　その子も多分氷菓と同じような感じでいつもツンツンしてるんでしょ？　だから、今こそ日頃の冷たい態度を覆すように、優しい言葉をかければ……！」

「そ、その心は……？」

「そうすれば、〝え、ただ冷たいだけだと思ってたけど……こんなに可愛かったっけ？　俺、なんかドキドキするかも……〟ってなるわけだ！」

「……そんな上手くいくかな」

氷菓は疑いの眼差しを向ける。

「まあまあ、どうせもう危機的超絶ピンチな訳でしょ？　だったら試してみてもいいんじゃん？」

言われて、確かにと氷菓は納得する。

「私――じゃなかった、友達がいかに可愛いか、そこで見せつければいいわけね」

「そういうこと。意識させちゃおうよ」

「でも、デレってどうすれば……？」

「うーんそうだな、たとえば単純なものでも褒めてみるとか、素直になってみるとか」

言われて、氷菓はうぬぬと頭を悩ませる。

「む、難しい……」

今まで一ノ瀬梓が隣で氷菓を見てきて、伊織に対して氷菓がデレているのを見たことがなかった。何があったかは知らないけど、基本的にはツンツンとした煽りスタイル。

伊織も伊織で、そんな氷菓を受け入れているのかツンツンにも平然と対応していて、ある意味いつもの光景のようになっていた。

一ノ瀬梓からしてみれば、夫婦漫才のようなもので、特に氷菓から伊織への言葉にはただのツンツン以上の何かがあるような気がしている。

だが、今更急にデレてみようとなったところで、果たして氷菓がどこまでそんな自分を受け入れられるのか。

今はまだ何でもやってみようとなっているからいいが、この先少し冷静になるタイミングがあれば、その時氷菓はきっと自分の行いに頭を抱えベッドの中で叫ぶことになるかもしれない。

「な、なんか気恥ずかしいけど……やって、みる……かな」

きたー！　と一ノ瀬梓は内心ガッツポーズを決める。

「きっと上手くいくよ、普段の会話の中にちょっと褒めとか肯定を入れてあげるだけなんだから」

「今までと真反対すぎる……出来るかなそんなこと……」

氷菓は嫌そうに顔をしかめる。

「やってみるしかないっしょ！　当たって砕けろ！」

とはいえ、最初は良くても氷菓のことだから、きっと放っておけばまたツンツンに戻りそうだけど……そこはもう、あたしが上手い具合に周りからフォローするしかないか、と一ノ瀬梓は思う。

「……なんか梓、楽しんでない？」

「まあまあ、盛り上げ役も必要ってことで。その友達のことあたしも応援してるからさ」

「そ、そうそう、友達ね」

氷菓は思い出したかのように取り繕う。

「じゃあ、ちょっとこの後お手本見せてもらいたいんだけど」

「あ、ごめん～今日はちょっと用事があって。夜電話するから！　その時話そ！」

そう言って、一ノ瀬梓は荷物を持つとじゃあね！　と学校を後にする。

一人残された氷菓は誰もいない廊下に出て、廊下の先を見つめる。

「……なんか寂しいな」

幼馴染をとられ、親友もいなくなり、思わず氷菓の本音が漏れる。急に一人ぼっちになった気がして無性に寂しくなった。

果たして、今更伊織への態度を変えるなんてことができるのだろうかと、氷菓に少しの不安が押し寄せていた。それでも、何もしなければあの幼馴染と伊織の距離がどんどん縮まるだけだ。

幼馴染だからいつまでも私だけが理解者だなんて思っていたけど、どうやらそうもいかなくなってきたらしいと、氷菓は嫌々ながらに実感していた。

◇◇◇

「ふぅ……」

俺は家のソファに前のめりに倒れ込み、うつ伏せで思い切り息を吐く。

今日という一日の濃密具合に、俺は完全に疲れ切っていた。

帰りも二人で帰ったことで、やたらとジロジロと他の生徒たちに見られた気がする。

まあ、そのうち陽もこの学校に慣れればあっという間にスクールカースト最上位へと駆け上がり、気が付けば彼氏の一人や二人くらい作るだろうから、そうすれば俺にも飽きてくるだろう。

それまで、あくまで陽が慣れるまでの間、少しだけ昔からの唯一の知り合いとして接してあげるだけだ。

俺は仰向けになり、天井を見上げる。

少し冷静になって考えてみると、なかなかすごい状況だなと思う。まさか……転校生として、忘れていた幼馴染が帰ってくるなんて。

誰かの体験談だとしたら、盛り過ぎだろとツッコミを入れてしまうレベルだ。だが、紛れもない現実……なんだよな。

現実感があまりない。あんな美少女の幼馴染が突然できるなんて。

けど――……なんだあのスキンシップの激しさは！

俺たちをまだ子供だと思ってんのか!?　もう高校生だぞ!?

抱きつかれた時の胸の感触、身体の柔らかさ、髪の匂い……思い出すだけで変な気分になってくる。世のカップルはあんなこと毎日やってるのか？

「うおおお……！」

俺はあまりの新体験の連続に脳のキャパがオーバーし、混乱して頭をわしゃわしゃと掻きむしる。

昔は男の子だと思ってたんだけどな……あれ、そういえば一緒に風呂入ったり、寝たりしたよな……？　なんか、今になってめっちゃまずいことしてた気がしてきた……。

と、俺はそこでブンブンと頭を振り、思考を停止させる。ダメだ、思い出してはいけない気がする。忘れよう。

とはいえ、胸を揉んだ事実をネタに昔のように仲良くすることを半ば強制され、しかも実は美少女だったと驚愕の事実を知った後の割には、不思議と会話は自然体で行えていた。

やっぱり、これが幼馴染というものなのだろうか。

「お兄ちゃん、いつまでそこで寝てるの。私ドラマ見たいんだけど」

ティーシャツにショートパンツ姿の完全リラックス状態の瑠花が、ジトーッとした目でこちらを見つめてくる。

「ドラマ……ドラマねえ」

「いいじゃん、ドラマ。早く退いて！　私の時間なの〜〜！」

瑠花はソファの端に座ると、俺の身体をぐいぐいとそのお尻で押し出してくる。

「うおっ押すな押すな！　……わかったわかった、降りるよ」

「へへ、ありがと」

瑠花は嬉しそうにソファに座り直すと、手に持ったジュースとお菓子をテーブルに置き、リモコンを手にとって配信サービスを起動し、恋愛ドラマを再生する。

「面白いのか、それ」

「うん、イケメンたくさん出てくるし」

「所詮そんなもんか……」

恋愛ドラマ、恋愛映画はあまり趣味じゃないから、こう言うのはそんなに見たことがなかった。もし瑠花に好きな奴ができたら……。

「もし瑠花に好きな奴が出来たとしたら俺がちゃんと見極めないとな」

「なんで私の好きな人の査定にお兄ちゃんが出しゃばろうとしてるの……」

「瑠花が〝お兄ちゃんより好き！〟ってならないと俺は認めないからな！」

するると、瑠花は呆れた顔で言う。

「お兄ちゃん、私からの好意に対する評価が高すぎるよ……今時の妹はそんなブラコンじゃないから」

「照れてる年頃だろ？　ツンツンしてても、そういうのは好きの裏返しなんだよ。わかりやすいなあ瑠花は。ツンデレっていうんだぜ」

何言ってるんだと、瑠花は呆れて溜息をつく。

「ポジティブが過ぎるよ、お兄ちゃん。ツンデレなんて現実にはいないんだよ」

「そういうもんか……確かに見たことないしな、そんなわかりやすい奴」

そうそう、と瑠花はテレビを見ながら気のない返事をする。

集中したいからもう話しかけるなというオーラが背中から立ち上っている。

「まあ、妹の恋愛に口出しはさすがにか。……けど、いきなり瑠花に彼氏が出来たらとりあえずその彼氏は一発ぶん殴るか」

「なんで!?」

◇　◇　◇

翌日朝。

俺は下駄箱で靴を脱ぎながらくあぁと欠伸《あくび》をする。すれ違う生徒たちが、ちらちらと視線をこちらへと向けてくるのは、決して俺がいつのまにかイケメンになっていたというわけじゃないだろう。

やっぱり大人しく生活している俺のようなタイプが、美少女転校生に急接近されていて話題にならない訳がないか。

変態疑惑を広められるのと天秤にかけた結果だから、文句を言えた義理ではないのだが……。

俺が何か弱みを握って従わせてるんじゃないか、なんて冗談交じりの会話も聞こえてきたが、まあ、弱みっていうのはある意味あってますけどね！

その当の本人は、一緒に登校しよう！　なんて昨日の感じなら言い出しそうだったのに、いろいろと家でやることがあるのか、特に誘われはしなかった。

そんなことを考えながら前かがみになって下駄箱へとスニーカーを入れようとしたその時、ちょうど真横に女子が現れる。

「ん……？」

顔の横辺りにスカートの裾がヒラヒラと揺れ、見上げるとそこには、少し首を傾けた氷菓がいた。

「奇遇ね」

奇遇……？　にしては、氷菓の現れる位置がおかしい。氷菓の下駄箱は反対側だ。

奇遇にしては作為的なものを感じる。

「朝から欠伸とか、また夜更かしでもしたんじゃないの？　懲りずにさ」

なんと、エスパーかこいつ！

いや、まあお互いの部屋の窓が向かい合ってかなり近い位置にあるから、俺の部屋の電気が夜遅くまでついていたのを確認できるか。エスパーってほどでもないな。

すると、突然氷菓は渋い顔をし、髪をくるくるといじる。

「あー、えっと、そうじゃなくって……」

氷菓はテンパったように目をぐるぐると回している。

「ど、どうした、大丈夫か……？」

すると、氷菓はゴホンと咳払いをする。

「お……おはよ、伊織」

「え、あぁ……うん、おはよう？」

どういうタイミング？　と俺の頭にはてなが浮かぶ。

だがそれよりも、俺は何とも普通の挨拶に拍子抜けした。

何かもっとすごいことを言われるんじゃないかと、ほんの少し身構えていたんだが……。

なんだ、何が狙いだ？　あの氷菓が普通に挨拶をするはずがない。

俺はさらなる追撃に身構える。

「………………」

「？」

しかし、謎の沈黙。

いつもならスラスラと小言がマシンガンの如く、その口から弾き出される氷菓だったが、
今日はどうやらジャムっているらしい。

まさか放置プレイが新しい遊びか？

すると、また不意に口を開く。

「今日の……」

「ん？」

氷菓の目は、少しうるうるとしている。花粉症か？

そして、視線はちらっと俺の上の方へと動く。

「今日の……か、髪型……結構いいんじゃない？　いつもと違ってさ」

髪型……？

「あぁ、これ寝癖なんだが。まあ……これぱっかりは言われても仕方ないというか、俺もさすがに直したいけどさ」

「あっ、いや、そういう意味じゃ…………ま、まあでもそれくらいはちゃんとして欲しいかな、まったく」

なんだか悔しそうな顔で氷菓はそう呟く。

大丈夫かこいつ？　今日は一段と挙動不審だが……。熱でもあるのか？

すると、後ろから突如として現れた一ノ瀬梓が氷菓の腕を掴む。

「あ、おはよう氷菓！　今日は早いね～ちょ～っと失礼しますね。氷菓、教室行こ？」

「え!?　う、うん――」

そう言って一ノ瀬梓は有無を言わさず氷菓を引き摺り、逃げるように去っていった。

「な、何だったんだ……？」

いつもの切れ味はなく、何だか回線が悪い時のネット配信を見てるかのようなもどかしさ。

やめてくれよ、ただでさえ陽の相手で大変だっていうのに、氷菓まで何か企んでたら手に負えないぜ。

それにしても、皮肉とはいえ「いいじゃん」なんてポジティブな言葉を使われるのは久しぶりだったな。

やべ、なんか悲しくなってきた。褒めてくれるのなんて妹だけだからな。

「あれー、今の氷菓ちゃん……だっけ？　やっぱり結構仲良いね？」

ちょうど登校してきた陽がひょっこりと顔をだし、去っていく氷菓を眺めながら目を細めている。

「そうでもない」

「ふーん……？」

◇◇◇

今日も、俺と陽はまるで友達のように近い距離で一緒に過ごしていた。

普通であれば、転校生にいろいろと教えてあげている親切な在校生という風に見られるんだろうが、如何せん陽は美少女すぎる。そのせいで、殆どが俺に下心があると思っている節があった。

事実、陽の肉体的な距離は近く、歩いてるだけで肩と肩がぶつかるわ、時折鼻が触れそうなほど顔が近くにくるわで、周りから見ればそりゃ何かを勘ぐりたくもなるだろう。あいつは女としての自覚がなさすぎる!!

まあ、揺れる胸やふわりと浮くスカートに視線を奪われているのは認めよう。男は動いたり揺れたりするのが好きなんだ。これぱかりはしょうがない。男を設計した奴に文句を言ってくれ。

一方で氷菓の方はといえば、理由はわからないが何となく様子がおかしい気がした。チラチラと視線を感じることもあるし、いつもなら小言を言ってくるような通りすがりでも何かを言いかけてUターンしたりと、何となく挙動不審だった。

周りの連中が氷菓の異変について何か言ってる様子もないし、俺の気にしすぎかもしれないけど。

そうこうしているうちにあっという間に昼休みとなり、俺は自席で弁当を広げ、落ち着いた昼食にありつこうとしていた。

外の天気は快晴で、まさにピクニック日和。学校の中庭にはベンチやテーブルがあり、春になるとそこで昼食を食べる生徒もちらほら出てくる。まあ、俺がそれをすることはまず無いんだけど。

今日の弁当は適当に冷凍食品を詰め、瑠花が作ったおかずをいくつか入れた質素なものだ。

さて食べようかと箸を持った瞬間、目の前に影が落ちる。

「ん？」

顔を上げると、そこにいたのは氷菓だった。

いつもは前の方で男二人女二人で昼飯を食べているはずなんだけど……どうやら今日はその男子たちはいないらしい。

「ねえ」

「な、何……？」

やはり、今日はなんか全体的に氷菓の雰囲気がおかしい気がする。何がと言われると難しいが、なんか少しいつもより覇気がない。体調でも悪いのか？

すると、氷菓は俺の弁当に視線を移す。

「あ、今日はお弁当なんだ」

「ん、いつも購買とかコンビニおにぎりじゃお金なくなるからな」

「ふぅん……」

いつぶりだろうか、氷菓と普通の会話をしたのは。

普通の人が聞けば普通の会話というにしてはあまりに単調な会話のキャッチボールだが、それでも俺と氷菓の間には、このような平穏で凪な会話というものはここ数年存在していなかった。

今更したいとも思っていなかったし、カースト上位になってしまった氷菓と影の薄い俺とではそもそもフィールドが違うんだから、それも当然だと思っていた。

「……伊織」

「何？」

「あ、あのさ……。今日はほら、いつものメンバーがいなくてたまたま一人っていうか」

「うん？」

「だからその……」

氷菓は少し俯き気味に、何やらもじもじしながら言う。

「あんたも一人ならその……せっかくなら一緒に――」

「伊織～終わったよ！　一緒にご飯食べよう！」

「!?」

氷菓のセリフは、突然走り込んできた元気満点の陽によって一瞬にしてかき消される。

「先生の用事は終わったのかよ？」

「うん！　お昼食べてこいって。私弁当作れなかったんだよね～朝時間なくてさあ」

「起きれなかっただけだろどうせ」

「えへへ、見抜かれてたか」

陽は自分の頭をコツンと叩く。

「だから購買なんだよね、今日」

「マジか!?　急がないとまともなパンやらおにぎりは売り切れるぞ？」

「ええええそうなの!?　急ごう!!」

「まったく……」

俺はやれやれと弁当を袋に戻すと、立ち上がる。

と、その時。さっき氷菓が何かを言おうとしていたことを思い出す。

「あ、悪い。さっき何か言おうとしてたか？」

しかし、氷菓はブンブンと頭を振る。

「はあ？　そんなわけないし。……さっさと行けば？」

「お、おう……」

どうやらそれほど大事な話ではなかったらしい。

俺は陽のお昼を確保するべく、急いで購買へと向かうのだった。

◇　◇　◇

「お弁当……一緒に……」

氷菓は両手でお弁当を持ち、ポツンとその場に佇んでいる。その表情は、哀愁が漂っていた。

「ほらほら、甘いものでも食べて元気だぞ？」

一ノ瀬梓はポケットからチョコを取り出すと、氷菓の口にポイと放り込む。

「……甘い」

「おいしい？」

氷菓はこくりとうなずく。

なんとも普段の氷菓からは想像できないほどしおれていた。

眼は点になり、口は某ウサギキャラよろしくちょぼんとしている。

その小動物的可愛さに、一ノ瀬梓はきゅんと胸を高鳴らせる。

「昨日夜電話したけどさあ、その後友達はどんな感じ？」

「ナンカウマクイカナイ……」

「壊れちゃった……」

一ノ瀬梓はよしよしと氷菓の頭を撫でる。

ここまでされるがままな氷菓は非常に珍しい。

「なんか、何言っても違う方に取られるというか……全然伝わってない気がするんだけど……というかこれって本当にデレになってる!?　なんか空回ってない!?」

氷菓は発狂し、ううと呻《うめ》く。

昨日の夜の電話で、氷菓は友達が幼馴染としてまた仲良くなれたらいいなと思って……と、マイルドな表現で相談していたが、一ノ瀬梓のセンサーがそれを「ダウトッ!!」と見抜いていた。もっと深い関係では？　と一ノ瀬梓は愉悦していた。

しかし、そう言う時こそ生暖かく見守るのが親友の務めであると理解している一ノ瀬梓は、変に突っ込みすぎないようにしていた。

氷菓は見ての通り結構プライドが高い。というか、見栄を張ってしまうタイプで、それはまだ一年ちょっとの付き合いでしかない一ノ瀬梓でも十分理解していた。下手に囃《はや》し立てるとやっぱ止めた！　といじけてしまうのは目に見えていた。

「照れなのかなあ……慣れてないだけな気もするし……」

「難しいんだよ、梓もやってみてよ本当に」

「生憎あたしにはそういう相手いないからさ」

「くぅ……」

氷菓はでろーんと机に突っ伏す。

「まあ、でもゆっくりやっていくでいいんじゃない？　アクションかけていくうちに向こうも気が付くでしょ？」

「どうかなあ……相手はほら……あの伊織みたいな感じなんだよ？」

「あぁ……」

一ノ瀬梓は何か少しずれている真島伊織を思い出し、同意する。

「また昨日みたいにいつでも相談乗るけどさ」

「ありがとう……。やっぱり持つべきは梓だよぉ……」

普段の姿からは想像できないヘタレ具合に、一ノ瀬梓は思わずゾクッとする。

まだどうやら自分ではなく友達の相談という体を崩してはいないようだが、既に自分のことのように話しかけているし、そのうち自己矛盾が起きそうだ。それでも、一ノ瀬梓は氷菓がそうなるまで、その体に付き合うつもりだった。

氷菓はかなり頭が良い。とはいえ、どうやらこの感じを見るに天才系というよりは努力の鬼という感じのようだ。

このへなへなとした姿を真島伊織に見せてあげれば、あっと言う間に解決しそうなのにな——と一ノ瀬梓は思う。まあ、氷菓の性格からいってそれはあり得ないことなのだが。

だからこそ、こうして関係がこじれている。

あの転校生を見た感じ、一ノ瀬梓の見立てでは真島伊織に対してまだ友愛が圧倒的に多いように見えた。今はまだライバルたりえない気がする。

もし可能であれば、あの転校生に手伝ってもらって氷菓を輪に入れてもらうのが一番手っ取り早いのだが……氷菓から言い出すのは無理そうだなと、一ノ瀬梓はその作戦をゴミ箱に捨てる。

相手側からのアプローチがあるなら別だけど。

「ちゃんと反省会とか相談には乗るからさ。大丈夫大丈夫、可愛い子を無視する男子なんていないから」

「私可愛い子かな……？」

「もちろん、めちゃカワでしょ！」

そう言って、一ノ瀬梓は自分の持ってきたお弁当を机の上に広げる。

ピンクで可愛らしい、小さめの弁当だ。

それを見て、氷菓も口を尖らせ不貞腐れながら、一緒に食べるはずだった弁当を同じ机の上に広げる。

「ま、今日のお昼はあたしと一緒に食べよ？」

「そうする……ありがと」

こうして、二人はいもしない氷菓の友達のための作戦会議をしながら昼を過ごしたのだった。

◇　◇　◇

「スパゲティパンって……普通ナポリタンだと思わない？」

陽はゲテモノを見るような顔で、手に持ったパンを見つめる。

焼きそばパンのようにコッペパンに挟まれた麺。その色は、焼きそばの茶色でもナポリタンの赤でもなく、何故か白。マヨネーズなどが和えられた、パスタサラダのようなものだった。

それがパンに挟まっている……普通に考えてナポリタンでいいだろと思うのだが、何故か俺が入学してからずっと、不人気で最後まで残っているのにもかかわらずその組み合わせを貫いている。

「購買は人気だからさ、遅れていくと残ってるのはこういうのだけなんだよ」

「くぅ……先に伊織に買ってきておいてもらえば良かった」

陽は悲しそうにぱくりとパスタパンを食べる。

もぐもぐと口を動かすが、どうやらお気に召さなかったようで微妙な表情を浮かべる。

「……美味しそうだなあ、伊織の弁当」

「冷食と余り物のカーニバルだけどな」

「美味しそうだなあ……いいなあ……」

「繰り返すなよ、壊れたロボットか！」

物欲しそうな顔で、陽はじーっと俺の弁当を見つめる。

中庭には屋根が付いたテーブルがあるスペースがあり、俺たちはそこに腰掛け、のどかな天気の中ピクニックのような気分で昼食を食べ始めていた。

晴れてるんだから、折角だし中庭のベンチで食べようよ！　と、まるで付き合いたてのカップルのような事を言い出したのはもちろん陽だ。

当然の如く、俺としては嫌々だ。……いや、語弊があるな。一緒にご飯を食べるという行為自体はやぶさかではないし、いつも一人の俺にとってはたまにはこんな昼食も悪くない。だが、やはり気になるのは周りの反応だろう。

平穏を求める俺とは正反対の存在、それが雨夜陽だ。

「ねえ、伊織聞いてるー？」

お得意の下から覗き込む姿勢で、陽がズイと寄る。

「なんだ、食べたいのか？」

「だったりして？」

「はっきり言わないとあげないぞ」

「うそうそ、ごめんごめん！　交換しよ？」

「交換はしねえよ！　誰が明らかな地雷を欲しがるんだよ！」

「えーでも、食べ掛けだよ？」

「た――」

一瞬、陽の手に持たれたパンの、齧《かじ》った後に視線が揺れる。

作りたての頃の形を失い、陽の綺麗な歯並びで綺麗にパンが千切られている。何とも生々しい。

「――いやいや、騙されねえよ！　というか、一個くらいなら普通にあげるから、交換なんていいって」

「ケチ」

「ケチとは真逆のつもりですけど!?」

まあいいや、と陽は軽く肩を竦めると、冷凍のからあげを所望する。

「なかなか大物を狙ってきたな」

「駄目？」

「いや、いいけどさ」

「ん」

すると、陽は少し目を瞑り、口を開け身体をこちらへと寄せる。

「は？」

なんだ、こいつは何をやっている？

わかってはいるのだが、脳が追い付かない。

フリーズしていると、陽は片目を開けてこちらを見る。

「ちょうだいよ～」

「あーんしろって言ってんのか……ここで!?」

周りを見ると、確かに人はほとんどいないのだが、校舎の廊下側の窓からは見ようと思えば見られるし、体育館へと続く渡り廊下からは丸見えだ。

「いいじゃん、私箸ないし。間接キスが気になるなら、口の中に放り込んでくれればいいからさ。それなら私がその箸で食べるよりも安全でしょ？」

「安全かは甚だ疑問だけど……」

確かに間接キス理論でいけば一番触れないやり方だが、それよりもむしろもっとマズイところがあるだろうが！　絵面が強すぎる！

だがどうせ陽のことだ、何かしらこちらが折れない限りは少しずつ妥協点を探しておねだりしてくるだろう。こいつは欲求に素直すぎる。だったら今さっさと終わらせる方がダメージは少なそうな気がする。

欲望とプライド、そして客観的思考が合わさり、俺はまんまと陽の望んだ結論をはじき出す。

「わかったよ、まったく……お前楽しんでるだろ、違う意味で」

「ん？　なんのことかな～？」

くくく、と陽は楽しそうに笑う。

こいつ、俺が男だと思っていたことを利用して女出して遊んでやがる……。

とはいえ、ここで引いたら男が廃る。やってやるぜ、俺だってこれくらい出来るんだよ。

俺は弁当箱からからあげを取り出すと、「ん」と目を瞑り口を開く陽に向き直る。まるで餌を待つ鯉のようだ。

何とも無防備な姿だが、俺が友達だからこの姿を晒しているのだろう。邪な気持ちを抱いてはいけないのだろうが、残念ながら抱いてしまう。

だが、今はそんなことを気にしている場合じゃない。

こんなことさっさと終わらせて、平穏なお昼休みの時間を——と、その瞬間。

陽はずいっと身を乗り出し、ぱくりと俺の箸を咥《くわ》える。

「はあ⁉」

「んー！　おいひい！」

箸からからあげを強奪し、もぐもぐと咀嚼《そしゃく》する。

「な——そ、そっちから食い付いてきてどうすんだよ！　結局箸に口付けてるし！」

「えーだって遅いんだもん伊織」

もぐもぐと口を動かしながら、陽は何でもないことのように言う。

俺の感覚が狂ってんのか？　違うよな？

「それでいいのかよ……」

「あれれ、ちゃんと私の口にあーんってしたかった？」

「そ、そうは言ってない！」

「ふふ、じゃあ次はしてもらおうかなあ」

陽は楽しそうに笑う。

やれやれ……一体何が楽しいんだか——と視線を渡り廊下の方へと向けた時。

唖然とした顔でその光景を凝視する人影があった。

その顔は、怒っているのか、呆れているのか、もはや俺では判断できない。だが、少なくとも俺と価値観が一致していることは理解出来た。

「な、何やって……——」

それは、氷菓だった。

何というタイミングだろうか。

「んん？」

「ほらみろ、一番見られたくない奴に見られたじゃねえか！」

陽は呑気な顔で後ろを振り返り、立ち尽くしワナワナと震えている当校のアイドルを見つける。

「あ、氷菓ちゃん！」

おーい！　と陽はぶんぶんと手を振る。

「おいおい、やめろって」

「なんで？　伊織の友達でしょ？」

「あのなぁ……教室でのやり取り見ればわかるだろ？　そういうんじゃないって」

「そうかなあ？」

陽は困惑気味に口をすぼめる。

「というかこの状況で呼ぶなって言ってんだよ、恐ろしい瞬間見られたんだから誤解されちゃうでしょうが！」

「恐ろしい……あ、食べさせてもらったやつ？」

「お前が食べにきたやつな」

「えー、何、そういう関係なのやっぱり？」

「違うわ！」

「でも見られて気になるんでしょ？」

いやいや……と俺は否定する。

陽のやつ、いろいろと勘違いしているな。

「この数日でわかっただろ、あいつは俺が何かいじれそうなことしてると突っかかってくるタイプなんだよ」

「そうかなあ……むしろお互いに……」

どうやらこいつはまだ東雲氷菓という女がどういう人間か理解していないようだ。

「な、何やってるのあんた達……！」

いつの間にか接近していた氷菓が、肩をいからせ僅かに声を張り上げる。

「やましいことは何もない……と言いたい」

つい願望を口走る。

自分でもちょっと危ないと思ってました。

氷菓はジロッと、陽の頭から足にかけて視線を走らせる。

「ふぅん……こういうスタイルが良い子がいいんだ、美少女なら誰でもいいんだ……どこのバカップルが昼間からいちゃいちゃしてるかと思ってチラ見してみたら……！」

「誤解がすごい。陽からも言ってやってくれ、そこまでじゃないって」

「口に入れてもらってただけだよ？」

「なっ――」

氷菓はぎょっとして仰け反る。

「入れに行ってはないだろ、そっちが食い付いてきたんだから！　勘違いするなよ、変な意味はない！　からあげを一個あげただけだよ、箸が俺のしかないんだからしょうがないだろ！」

「いかがわしい……変態」

氷菓は吐き捨てるように言い、蔑むような目で俺を見る。

確かに……いかがわしいと俺も思いました……。

すると、陽が口を開く。

「もしかして一緒に食べたかった？　お昼もいたし……今から一緒する？」

「なっ……別に……伊織と食べたい訳じゃないし……」

氷菓は一歩後ずさる。

「そうなの？　伊織と食べると楽しいよ？　昔よく一緒に食べたの思い出すし！」

「そうかあ？　そんな昼一緒に食べたっけ」

「あー忘れてる！　よく伊織の家で食べたよ～。楽しかったなあ。でもまた出来そうで楽しみ！」

やれやれ、この状況でも相変わらずだな、と俺は肩を竦める。

「なっ……！　私だって伊織の家でお昼食べた事あるし。ねえ!?」

「え、まああったっけ……？」

「あ、あるもん！」

今のは意地悪だったたか。確かに、子供のころはよく氷菓の家に行ってお昼を食べさせてもらったっけ。うちの両親が仕事大好きすぎて家に全然いなかったんだよな。

「あるもんて、そんな子供みたいな」

言われて、氷菓はかーっと顔を赤くすると、踵を返す。

「と、とにかくもうお昼食べたし、一緒に食べる義理もないし、私もう行くから」

そういって、氷菓は足早にその場を離れていく。

途中、こちらを振り返ったが、結局戻ってくることはなくそのまま校舎の中へと消えていった。

一番見られたくない奴に見られたけど、なんか結局よくわからずいなくなったな。

「氷菓ちゃんね……」

ふーん、と陽は何かを考えるように呟く。

あ、なんかこいつ悪いこと考えてそう……。

◇　◇　◇

「へい、パスパス！」

「よっ……！」

陽目掛けて投げたバスケットボールは、あらぬ所へと飛んでいく。

だから言っただろ、俺は運動は微妙なんだって！

しかし、陽は変なところへ飛んでいったはずのボールを空中でキャッチすると、そのまフワッとボールを浮かせ、ゴールを決めてしまう。

おぉ……と周りから歓声が上がる。男達の視線は、ゴールに吸い込まれたボール――というより、陽の胸のあたりにあるボールに集まっていたが。

「いえーい、ナイスパス！」

陽は満面の笑みで俺にハイタッチを求め、俺は恥ずかしながらもとりあえず軽く片手で手に触れる。

「ナイスではないだろ、変なところ飛んでいったし」

「相手のディフェンスを避けるためのループパスじゃないの？　ナイスだったよ、あんな高等テクが出来るなんてさすが伊織！」

純真な反応を見せる陽。

「……そうなんだよね、陽なら取れると思って。てか、昼からバスケって、なかなかハードすぎる……」

昼食後、体育館の横を通った時に他の生徒がボールを出して運動をしているのを見て、陽は目を輝かせた。陽の勢いに釣られてノコノコと付いて来てしまったが、やはり場違い感は否めない。

食後早々の運動なんてしばらくやってないし、まずそもそも食後じゃなくても体育以外では運動なんてしてないんだから、上手くなっている訳はない。

そう言えばしょっちゅう氷菓にも運動したらとか言われてたな。事実氷菓は結構トレーニングとかランニングもしているようで、言うだけの資格はあるんだけど。

「だって楽しいじゃん、一緒に運動するの！　座って話すのもいいけどさ」

陽はボールをその場でハンドリングしながら言う。

「まあ、たまの運動も悪くはないか。氷菓によく運動したらって言われるしな」

「でしょでしょ!?　ささ、もうちょっとやろ！」

「元気か！　もう体力残ってないよ俺……」

「体力ないな～。前はもっと走り回ってたのに」

「それは子供の頃の話だろ。身体がデカくなったから相対的に消費エネルギーが増えてしまったんだよ」

「じゃあ、消費エネルギーに追いつけるくらい体力付けないとね」

言いながら、陽は俺へとボールをパスする。

何とか胸元でキャッチし、狙いを定めてシュートする。しかし、ボールは変な放物線を描き、手前でバウンドした。

丁度そのタイミングで、昼休みの終わりを告げる予鈴が鳴った。

残念ながらブザービートとはならなかったか……ま、そんなのができるのは主人公だけか。

「あらら、もうこんな時間か。楽しいと過ぎるのが早いね～。んじゃ、戻ろっか」

「だな」

陽はバスケットボールを元の場所へと戻し、渡り廊下へと出る。少しかいた汗を乾かすように、ワイシャツの襟元を掴みパタパタと乾かす。

「……あんま人前でそういうのしない方がいいぞ、特に男子の前で」

「なにが？」

陽は何もわからない様子できょとんとしている。

「なんでもない……」

「？　いやあでも、食後の運動はいいね」

「さすがに頻繁にやるのは勘弁してくれ」

「え、じゃあたまにならいいんだ！」

陽は満面の笑みで、俺の顔を覗き込む。

なんとまあ純真な笑顔だろうか。

「……まあ、たまーにな」

やったー！　と陽は嬉しそうに手を広げる。

「そう言えばさあ、伊織の妹の瑠花ちゃんともよく一緒にこうやって遊んだよね。だるまさんが転んだとか、氷鬼とか、ケイドロとか」

「そうだったっけ」

うんうんと、陽は頷く。

「まだ幼稚園児だったけどさ、久しぶりに顔見たいなあ、美少女に成長してそう」

「それは保証するぜ、瑠花は今着実に美少女の階段を上っている」

「あら～シスコンですか伊織さん」

「ただ妹を可愛がってるだけだ」

そうして、短い昼休みを久々の運動で消化した。

運動なんかしたところで疲れるだけで、特に面白みも無いと思っていたが、まあ久々にやってみると悪い気分ではなかったな。毎日は絶対に嫌だけど。

◇◇◇

帰宅後、俺はまたもやどさっとソファに倒れこむ。

最近これればっかりだなと思いつつも、疲労があるんだから仕方がない。

特に今日は昼にやったバスケの疲れがまったく抜けず、結局午後は疲労困憊《こんぱい》で気が付いたら一日が終わっていた。

俺はだらっとソファから垂れる脚に掛かる重力を感じ、何とも言えない脱力を覚える。

毎日ハードな部活動をしている生徒諸君、本当にご苦労様という気持ちでいっぱいだった。

五時間目まで教育を施され、それからさらに二、三時間の間大人たちに扱《しご》かれに行くなど正気の沙汰ではない。よく頑張るなあ。

とはいえ、その疲労感はそこまで悪い物ではなく、なんとなく爽快感や充足感があった。あながち、「運動くらいしなよ」というありがたき隣人のお言葉は、間違っていなかったのかもしれない。

最近瑠花は色気づいているのか長風呂で、その時間もあって俺が入るタイミングはいつも夜遅くになりがちだ。だから、いつもシャワーで済ませているのだが、今日ばかりは温かいお湯に浸かりたい気分だった。

すると、不意に勢いよく玄関の扉が開く。

「なんだ、今日は遅か――」

「お兄ちゃーん！　やばいやばい!!」

瑠花にしては珍しくただいまもなく、玄関の扉を開けた勢いのままリビングへと飛び込んでくる。

「帰って来るなり慌ただしいな。なんだよ、見てわからないか？　お兄ちゃんは今世界平和について考えてるんだよ。俺が思考を止めたせいで世界が一個滅んだらどうすんの」

「冗談はいいから!!　ちょ、ちょっと本当やばいから!!　お兄ちゃん、一体何したの!?」

その場でドタドタと足踏みをし、瑠花はチラチラと玄関の方を見ながら焦りを募らせる。

その慌てぶりから、俺もさすがにただ事ではないと理解する。

「……何したってなんの話だよ？」

「外に女の人が来てるんだって！　お兄ちゃんいますか？　って聞かれたんだよ!?　絶対お兄ちゃんがあんなことやこんなことして………訴えに来たんだよ!!　示談だ示談！」

「する訳ないだろそんなこと！　お前の中の俺のイメージはどうなってるんだ！　女の人だあ？　俺に用がある奴なんている訳ないだろ。氷菓か？」

「違うよ！　全然見た事ない美少女！　めっちゃニコニコしてたけど!?　何か、懐かしいなあとか言われて……何か怖い!!」

「母さんとかの知り合いじゃないのか？」

「だってお兄ちゃんを呼んでたんだよ!?　絶対何か――」


『ピンポーン』


「…………」

「…………」

俺たちは顔を見合わせる。

どうやら、瑠花の見た幻覚という線は消えたらしい。

「瑠花の言ってた人か？」

「そ、そうじゃない？　私がドア開けようとしたら後ろから声かけられたし……」

瑠花はさっと俺の後ろに隠れ、制服の裾を掴む。

こわ、どうしよう。俺が無意識に犯罪を犯していたら……。心配になってきちゃった。

自分の無意識に自信が持てないのはなんとも情けない限りだ。

『ピンポーン、ピンポーン』

再度チャイムが鳴る。何でこんなチャイムの音って怖いの。心臓に来るからやめてよね。

どうせなら可愛らしいメロディーとかにしてくれよ。

「……開けて来いよ瑠花」

「なんで私!?　お兄ちゃんを呼んでたんだよ!?」

「同じ人かわからないだろうが」

「駄目だこの兄……いいから行ってこい！」

「うおいおいおい！」

瑠花が強引にソファから引き摺り下ろし、俺はドサッと尻から床に落ちる。

いつの間にこんなたくましくなって……。

「いってえ……」

「ほら行ってきて！　そして償ってきて！」

「犯罪者確定かよ……はあ」

俺は玄関へと重い脚を引き摺り向かう。

誰だマジで。氷菓じゃないだろ？

友達の一人でもいれば違うんだろうが、残念ながらこの家を知ってる奴はうちの学校にいない。そう考えると、学校外の誰かとなるが、むしろそっちの方がありえない。俺の交友関係をなめないで欲しい。

考えても微塵もわからず、俺は恐る恐るドアノブに手を掛ける。

あーもう知らねえ。何かあったら土下座してやる！

俺は一思いに扉を開ける。

「は、はい。どちら様で——!?」

刹那、動く何かが飛び込んでくると、ガバッと俺に抱き着く。

余りの勢いに、俺はその場に仰向けに倒れこむ。

「うごっ！」

何か柔らかいものが顔に押し付けられ、ずしっとした重みが全身に掛かる。

その物音を聞きつけ、瑠花が慌ててリビングを飛び出してくる。

「何事!?　お兄ちゃん、大丈夫!?」

「お、おま……」

「来ちゃったよーん!!」

突然扉の隙間から飛び掛かってきたのは元気な大型犬——ではなく、尻尾が付いてたらぶんぶん振り回してそうなほど楽しそうな笑みを浮かべた、雨夜陽だった。

「だ、だ、誰なのその女の人！　ち、痴女だあああ！」

瑠花がソファのクッションを手に持ち、俺の上に乗る陽をバンバンと叩く。

「お、お兄ちゃんから離れろおおお!!」

「あはは、痛い痛い！」

「あああ!!　たーのーしーむーなあああ!!」

俺の上で暴れている瑠花と陽とは裏腹に、こっちは少し冷静だった。

ふむ身体に乗られている。この感触……このまま気付かぬ振りで乗られているのも悪くない。

「うわー避けろー！」

馬乗りで陽が左右に揺れる。

マズイ……その動きはまずい!!　刺激が強すぎる……!!

反応しちまう！　それだけはまずい、社会的に死ぬ!!

「ど、どけろ、陽……」

俺はなんとか声を絞りだす。

「あはははは！」

「きいいい！」

俺の小さな声が通るはずもなく、二人は相変わらず楽しそうにじゃれあっている。

虚しい……が、ここで諦めたらもっと悲惨な事態に……！　声を張れ、俺！　がんばれ！　お兄ちゃんでしょ！

「ど……どけてくれ!!　限界だ！」

俺はぐいっと腰に力を入れて、身体を捻り、陽を身体の上から下ろす。

「おわっ、びっくりした……――ん？　あぁ、ごめんごめん、乗っかってたの忘れてた、へへ」

どうやらやっと俺に馬乗りになっていたことに気付いたようで、陽はうんしょ、うんしょと立ち上がる。

「ふぅ……」

「お、お兄ちゃん大丈夫!?」

瑠花は心配そうに屈んで俺の顔を覗き込む。

「あぁ……何とか」

まったく何ともないというかありがとうというか。とにかく、俺の名誉は守られた。

すると、俺の安全を確認した瑠花が、キッと陽を睨む。

「本当誰この女の人！　いきなり飛び込んできて！」

「え、忘れちゃった？」

「記憶にございません！」

政治家か。

陽は背の低い瑠花に合わせて少し身を屈める。

「雨夜陽だよ、瑠花ちゃん！」

「なんで私の名前知ってるの……ス、ストーカー……？」

瑠花は眉を八の字にして困惑した表情を浮かべる。掲げていたクッションがゆっくりと下に下がる。

「あはは、違うって。あー、でもあの頃は三歳とか四歳だし、あんまり覚えてないか。いやぁ、でも、可愛くなってるとは思ったけど、ここまで可愛いとは！」

「な、何の話？　けど……それほどでも……えへへ」

「照れてる場合か」

俺だっていつも可愛いって言ってやってるだろうが。俺の時に照れてくれてもいいんだが。

すると、妹は俺の横で囁《ささや》く。

「この人いい人じゃん、お兄ちゃん。こんな美人でいい人がお兄ちゃんに用事とか驚きで混乱しちゃうんだけど」

「懐柔されるの早すぎだろ、お兄ちゃんは君の将来が心配だよ……。陽は腐れ縁というか何というか」

「腐れ縁？　お兄ちゃんの縁なんてとっくに腐ってるでしょ」

「酷い言いようだな、妹よ」

だが、確かに妹の認識は正しい。

長年俺のボッチを間近で見てきた瑠花は、俺の交友関係をよく知っている。そんな俺が、男友達というめっちゃくちゃ低いハードルを素通りして、女の子という超デカいハードルを飛び越えてくるとは予想していなかったのだろう。

「ほら、俺が小学校低学年の頃遊んでたヨウ君っていたろ、そいつだ」

「えーっと……あ！　いたかも、そんな子！　いた……けど……――」

瑠花の思考が停止する。

目をぱちくりさせ、じっと陽の顔を凝視する。

「あれ……男の子――」

瑠花は確認するように俺を見る。俺はとりあえず頷く。まさに正しい反応だ。小さい頃とはいえ、男の子と遊んでいた記憶は残っているようだ。

「え………男の娘？」

「あはは、何それ？　女だよ、女」

そういって、陽はぎゅっと瑠花に抱きつく。

瑠花は完全に混乱し、されるがままだ。

「あわわわ……」

「ま、そういうことで久しぶりに遊びにきちゃいました！」

キラン！　と効果音が聞こえてきそうなほどのキメ顔。

「いや……いやいや！　いくらなんでもうちはダメだろうちは！」

「なんで？」

「なんでって、男の家に女の子が一人とか……なあ瑠花!?」

するると、瑠花は既に気持ちを切り替えていたようで、とっくに事実を受け入れていた。

なんと切り替えの早い奴だ。

「まさかヨウ君が女の子だったなんて！　しかもこんなに可愛い……！」

「えへ、ありがと」

「お兄ちゃん、チャンスだよ！　こんな出会い二度とないよ！」

ずいっと瑠花は俺に寄る。

「さっきまでの暴れようはどこに行った……」

「喜ばしい日だよ、今日は！　私これから買い物行ってくるから、お二人は楽しんで……

ウフフ」

「何だそのにやけ顔は。だから、男女二人は不味いでしょうが！」

「そんなチキンだから彼女もできないんだよ。邪魔者は退散するね」

「何企んでやがる⁉」

「私はお兄ちゃんの味方だよ。それじゃ、ごゆっくり！」

そう言って瑠花は急いでリュックを背負うと、タタターッとドアを開けて出ていく。

ドアが静かに締まり、静寂が訪れる。

「いやぁ、可愛い妹ちゃんだね」

「それが自慢です」

「シスコンだー。仲睦まじいねえ。あっ、お邪魔しまーす」

と、陽は靴を脱ぎ始める。制服ってことは、学校からそのまま来たのか。

俺はもう諦めの境地に達していた。陽が言い出したら聞かないことは、とっくに理解していた。こうなってはもう止められないし、瑠花のお墨付きとあってはどうしようもない。無駄に抵抗するだけそれこそ体力の無駄だ。

「やれやれ……俺の負けだ。どうぞ、上がってくれ」

「わーい！　お邪魔しまーす」

陽は家へと上がると、興味深げに辺りを見回す。

「ふんふん、なんだか懐かしいかも！」

「よく覚えてるな」

「この熊の置物とか記憶にある！」

陽は玄関の置物やリビングなんかを覗いて感慨深げに頷く。

すると、階段の方に視線を移す。

「伊織の部屋は二階？」

「あぁ、上がって右が俺の――あっ！」

「ふふ、油断したな！」

そう言って陽は勢いよく階段を駆け上がっていく。

くそ、何で気が付かなかった……！

「ちょ、ちょっと待て!!　まだ掃除が!!」

「見ーちゃお！」

「おい！」

俺は急いで陽の後を追う。

まずい、いろいろ片付けないと……！　別にやましい物はないが何か一旦部屋を点検しておきたい！　というか、部屋に人を入れるという経験がなさすぎてなんか恥ずかしいんだが!?　みんなどうしてるのこの問題……！

勢いよく陽を追って階段を駆け上がり、パッと顔を上げるとそこには、健康的な脚がスカートから伸びていた。階段を一歩一歩上がる度にスカートがめくれ上がる。

「…………」

油断しすぎでは？

俺は慌てて顔を逸らす。こんなの凝視していると思われたら死刑だわ、マジで。

「……くそ、それは反則だろ……」

「何が？」

「こっちの話……」

これでまた後ろから掴んで、あれを触ってしまったら、さらなるカルマを背負うことになってしまう。

なんという弱みを握られたことか……抑止力として強過ぎる。

結局抵抗する気力はなくなり、俺は大人しく陽に部屋を明け渡す。

「おー、さすがに変わってるね、結構綺麗じゃん」

部屋をパッと見て、陽は「意外にも」と付け足しそうなテンションで言う。

「そりゃ多少は変わるよ。……はあ、まあいいや、別に知り合いを部屋に入れるくらいどうってことないか」

「知り合いじゃなくて、幼馴染でしょ」

「へいへい」

「ふっふー、お邪魔しまーす！」

こうして、俺の部屋に実に数年ぶりに、氷菓以来の女の子が足を踏み入れたのだった。

◇◇◇

俺は冷蔵庫から適当に入れてきた麦茶を陽の前に出す。

「ありがとう」

陽は男子のベッドであるにもかかわらず、躊躇《ちゅうちょ》せずベッドの上に座り、興味深げにキョロキョロと部屋中を見渡している。

「ふーんパソコンとかDVDとかゲームとか……ふーん」

何のふーんだよ、怖いからやめろ！

「えっちなやつは？　どこに隠したの？」

ここかな？　といいながらベッドの下を見る。

「ねえよ！」

「うっそだ～」

陽はにやにやとした顔で俺を見る。

こいつ、自分自身には無自覚なくせにそういうところは男の心を持ってるのかよ！

「ないって、今時ネットだから！」

「あ、そっか。なんだ残念。男の子の部屋に来たらそれがお約束だと思ったのに」

陽はつまらなそうな顔をして麦茶を喉へと流し込む。

「まったく……で、何しに来たんだよ」

「特に目的はないけど、行きたいなあと思って来ちゃった」

「来ちゃったって……いやまあ今更驚かないけどさ」

陽はとにかくやりたいことをやるという感じで、俺のようにいろいろと考えてから行動するタイプとはそもそも真逆だ。考えたってこいつの思考回路は理解できないのだ。

そんなに俺と遊びたいかねえ、とつい思ってしまう。陽は昔の俺を見ている気がする。あの頃は、客観的な視点なんてものはなくて、ただ自分がしたいように生きていた。あの頃のままだったら、今頃陽とはもっと打ち解けて、バカ騒ぎしていたかもしれない。

これを機にそれを聞いてみるのもありかもしれない。

「で、どうだよ。久しぶりに会えたわけだけど、結構幻滅しただろ？」

「ん？　何で？」

「陽の想像してた〝伊織〟とは少し違っただろ？」

元気に陽と駆け回り遊んでいた活発な少年は今はもう見る影もない。別に今の生き方を俺は嫌ってはいないが、期待外れなことをしてしまっているだろうなという感覚はあった。

「まあ、脅されてる身で何言ってんだという感じだけど、別に違うと思ったら好きにしていいぞ。高校生活は短いからな」

　すると、陽は眉を顰める。

「何言ってるの？」

「だから……」

　陽はじっと俺の目を見つめ、そしてふっと笑う。

「伊織に会えて嬉しいに決まってるじゃん。ずっと会いたかったよ！」

　予想だにしない返答だった。それでも、陽のその笑顔は嘘をついているようには見えない。

「……今の俺でもか？」

「もちろん！」

「マジか」

　陽はウンウンと首を縦に振る。

「それにほら、伊織はやっぱ変わってないよ。ショッピングモールの屋上で助けようとしてくれたじゃん」

「あれは、まあ咄嗟というか。つーかそもそも早とちりだったし……」

「そういうところ！」

　陽は食い気味に言う。

「何も変わってないって！　伊織は優しくて、誰かのために動く人だったよ。ちょっと性格は落ち着いたかもだけど、それもいいじゃん。変わらない人はいないよ」

「そうか？」

「うん！」

陽は満面の笑みを見せる。

「変わった奴だなあ。……何がそんなに俺のことを記憶に残してくれたのかはよくわからないけど……そっか。陽がいいならいいや」

「そうそう、伊織に会えただけで充分なんだから」

「…………」

「…………」

変な沈黙が流れる。

こういった話を改まってすることなんて殆どないし……さすがに恥ずかしくなってきた。

俺から話題を出しといてあれだけど！　聞いてみたかったんだもん、しょうがないだろ！

「……そうだ。私どう？」

「どうとは？」

「ほら、結構女の子っぽく成長したと思うんだけど」

そう言い、陽は立ち上がってポーズをとる。

制服の上からでもわかるメリハリの利いた、ボディライン。顔面はもちろん氷菓とはタイプの違う美少女。

……本当に幼馴染かこいつ？

見れば見るほど、これがあの男の子だと思っていた陽だとは思えない。

陽が言うように女の子らしくなったことは間違いない。既にクラスの誰かから告白されていてもおかしくないレベルだ。あの氷菓でさえ告白されるわけだし。

「あー……まあ、結構……いい感じ？　だとは思うかな。よくわかんないけど」

「わーい！」

俺の解答はあまりにもふわふわしていたのに、それでも陽は無邪気に喜ぶ。

「まあそりゃ見違えるでしょ。あの頃の陽は完全男だったからな。胸も微塵もなかったしさ」

「……え？」

瞬間、陽の笑顔が消え、急に険しい表情になる。

あれ……？　さっきまでヘラ～ッとしてたはずが……えっ、完全に選択肢ミスった……？　距離詰めすぎたか!?　そこまでは気を許してなかったってこと!?　おい誰か！

セーブポイントまで戻してくれ！

「男……胸……？」

「いや、だからほら、学校でも言ったけど、あの頃髪短かったし……身体の成長もほら、遅かったというか……」

「へえ、そんなところ見てたんだ、ふーん。私を吟味してたってわけ」

「いや、えーっと……それは別にやましい意味ではないというか……」

何とも背筋が凍る笑みを浮かべ、四つん這いとなった陽が俺ににじり寄る。

「陽……さん？」

怖え……。

余りの圧に、俺は無意識に身体を仰け反らせる。

陽はぐいっと俺の肩を押す。

俺は逆らえずそのまま床に仰向けに寝転がり、その上に陽が覆いかぶさる。

そして、陽はそっと俺の頬に手を触れる。

「な、何を……」

「ふふふ、どうしようかな」

頬をなぞる指が、ツーッと顎先へ移動する。

冷たい指先に、ぞわっと身体が震える。

あーさすがにやばい。何をもって陽は俺を押し倒したのか。邪な考えが脳裏をよぎる。

いや、でも家に来たってことはやっぱり――いやいや、思い出せあの思い出を！　苦い中学の記憶を！　俺は主人公ではない！　客観視しろ！　……いや、客観視してもこの状況は――。

「伊織……」

「は、はい……」

真剣な陽の顔に、俺は言葉が出ずただただ返事をする。

「確認してみる？　女の子かどうか」

陽は自分のワイシャツの襟元に手を掛ける。

「はっ……!?」

ドキンッ!!　と心臓が跳ね上がる。

白い肌、首から鎖骨にかけての蠱惑的《こわくてき》なラインが目の前に露《あら》わになる。

な、それはどういう――……。

すると、陽はふっと吹き出す。

「あはは、なんてね！　びっくりしすぎだよー、昔はこうやって取っ組み合いもしたじゃん！」

「だ――だよねー！　なつかしー！」

あぶね～、よく踏みとどまった俺！

このトラップ強すぎだろ、普通回避できねえよ……。

男をイジメる趣味でもあるんですか!?

いや、きっと陽の中では俺はあの頃の仲良しな友達のまま……兄弟みたいなものなのかな。

だから、俺だけ少しドキドキしたが、陽にとっては子供の頃の戯れ合いの延長みたいなものなのかもしれない。

俺は気を取り直し、んんっと咳払いする。

「そういや結構激しく遊んでたよな。さすがに今は俺の方が強いか」

「そう？　試してみる？」

「け、結構です！　それより、早くそこを退けてくれ！」

「あぁ、ごめ――」

『ドンッッ!!!』

「きゃっ!?」

不意に窓の方から大きな音が鳴り、陽は可愛らしい声をあげてぎゅっと俺の手を掴む。

それは、まるで何かを叩きつけたような音だった。ここは二階だ。本来なら窓を叩く音など聞こえるはずもなく、まさに正体不明のポルターガイストだ。

だが、俺はこの音が誰によるものなのか予想がついていた。

こんなことが出来るのは、あいつしかありえない。

俺と陽の視線が窓に注がれている中、鍵をかけていなかった窓がガラッと開く。

そこには俺たちを見下ろす、冷えた表情をした少女が立っていた。

「はあ……そういうこと？　へえー……なんか手が早くない？　伊織。ボッチの癖に女癖が悪いとか最低」

「ひょ、氷菓……！」

そこにいたのは、想像通り――氷菓だった。

「どうぞ続けて？　私ここで見てるからさ」

俺と氷菓の家は隣同士なのは周知の事実だろう。それに加えて、俺たちの家と家の間はかなり狭く、氷菓の部屋と俺の部屋は窓越しでほぼ繋がっていると言って良かった。

昔はよくこの窓からお互い顔を出して話したりしていた。

もちろん、ここ数年はずっとこの窓からお互い顔を出すことはなかった。たまに俺が窓の方を見て目が合うことはあったが、そこから話が始まることはなかった。

――そのはずなのに。何でこんな最悪のタイミングでこっち覗いてるんだよ……!!

「違っ……待て、氷菓。別に手を出したとかそう言うんじゃ――」

「へえ、この状況でよくそんなことが言えるね。逆に感心するわ。お昼の時から怪しいと思ってたんだよね、口に何か入れるとか……マジきもい」

普段以上の氷菓の冷ややかな視線に、部屋の温度が一気に下がる。……いや、下がってるのは俺の体温か。

確かにこの上に乗られている状況……言い訳が難しいけど!!

「氷菓ちゃん……？　あれ、なんでここに？　家隣なの？」

陽は呑気に氷菓と俺の顔を見比べてキョトンとした表情を浮かべている。

「ばかっ、一旦離れろ！」

こんな馬乗りのままでいたら、誤解が加速してしまう……！

俺は慌てて陽の下から這い出ると、すっと立ちあがる。

陽も不思議そうにしながらも、俺に倣って立ち上がる。

「というか、氷菓ちゃんて……」

「あ、ごめん、嫌だった？」

「……そうは言ってないけど」

何ともヒヤヒヤとする会話が繰り広げられる。

「聞いてくれ氷菓、マジで変なことしてないんだ」

俺の発言に、氷菓はジロリと俺を睨む。

「信じられないんですけど」

「な、なんも変なことはないよな、なあ？」

俺は陽に目配せする。

「うん、ちょっと覆い被さってただけだよ？」

「なっ――」

「おいおいおいおい!!　言い方ぁ！　言い方があるだろ！」

「や、やっぱり……変なことしてたんだ……」

激昂――するかと思いきや、氷菓は少し俯き気味に呟く。

何だその反応、逆に怖いわ！　どうした!?

「してないから……！　ただちょっと距離が近くなっただけで……」

「なんか物音すると思って窓に近づいてみたら怪しい音するし……窓を開けてみたら……お、押し倒してたじゃん！　こればっかりは誤魔化せないから！」

「ご、誤解だって。俺はそんなケダモノじゃない！」

「そうだよ、お互い同意の上だよ！　ね、伊織」

「合意……!?」

「だからお前は紛らわしいことを言うな!!　氷菓、マジで勘違いだから！」

とにかく今は穏便に済ませないと後が怖い！

今やカースト最上位の氷菓が変な噂を流そうものなら、俺の平穏は本当に終わる！

「どこが誤解だっての……私はこの目で見たの、この目で！」

「あの光景を見られたからにはぐうの音も出ないが…………そもそも押し倒したのは俺じゃない、こいつが上になってただろうが！」

俺はビシッと陽の方を指さす。

「ほえ？」

「え……？」

そういえばそうだったような、と氷菓が一瞬困惑する。

「じゃ、じゃあ引き倒した。引き倒したんだ！」

「無理あるだろ!?　冷静になれ！」

「…………」

どうやら氷菓の頭の中では俺は相当なダメ男らしい。

瑠花も俺を犯罪者予備軍にするきらいがあるし、俺の周りの女はどうなってんだまったく……。

しかし、氷菓も少し冷静になって来たのか、徐々に現実を受け止め始める。

「……まあ、確かにそうだった……かも」

「わかってくれたか」

俺はほっと胸を撫で下ろす。

「……だけど、じゃあなんで雨夜さんが伊織に覆い被さってるわけ？　どっちみち不純なんですけど」

「お、幼馴染のただのじゃれあいというか、ちょっと躓《つまず》いただけというか……」

ですよね！　そこ引っ掛かるよな普通！

陽、マジで今だけは余計なこと言うなよ……！

「怪し過ぎるんですけど……そもそもなんで転校生の雨夜さんを家に連れ込んでるわけ。私だって全然呼ばれないのに……」

いじけるように氷菓は言う。

お前はそもそも来たいとか思ってないだろ！　いじりたいだけだろ！　というのはこの場では地雷だということはさすがの俺も理解している。

何で俺はこんな浮気がバレた男みたいな言い訳をしてるんだろうな……。

「いや、それはっかりは俺も聞きたいんだよ。こいつがアポなしで来たんだから」

えぇ？　とまたもや氷菓は混乱する。

「……あなた、なんでこんなやつの家に来たの？」

「伊織に会いたいから来たんだよ？」

「はあ？」

陽の言葉を聞き、氷菓は渾身のはあ？　を繰り出す。

珍しくお前の気持ちがわかるぞ、氷菓。俺もそこそこ混乱している。

「な、何……家に来るほど伊織に会いたかったたってわけ？」

「そうだよ、久しぶりに会った幼馴染だしさ！」

「！」

氷菓は顔をしかめる。

氷菓は陽キャ集団にいはするが、根は地味っ子。陽みたいな底抜けにバカそ――ゴホン、明るそうな奴とは反りが合わないのかもしれない。いや、合わないというよりは、理解できないのかもしれない。氷菓はここまで真っ直ぐに物を言えるタイプではないから。

「そんな……幼馴染だからってだけでそこまでする？」

「ええ、だって幼馴染だよ？　大切に決まってるでしょ！」

「でも……」

「けど、安心して氷菓ちゃん」

「……何が？」

「私と伊織はただの友達だからさ」

ね？　と陽はウィンクする。

「はあ？　何それ、別に……そこは私が心配するとこじゃないし……」

「そう？」

陽はキョトンと小首をかしげる。

「まあ……伊織に限ってそんなことは無いとは思ってたけど」

「どの口が言うんだどの口が」

窓開けて随分と誤解してましたけどね！

「なに？」

「なんでもないっす……」

すると、陽がポンと手を叩く。

「そうだ！　氷菓ちゃんもこっちおいでよ、伊織の家で一緒に話そ？」

「俺んちだぞ、何勝手に決めてるんだ」

「ね、どう？」

目を輝かせる陽に、氷菓は面食らった顔で狼狽《うろた》える。

何かに葛藤しているように少しぷるぷると震えると、氷菓は短く溜息を吐く。

「……別に行きたいわけじゃないし、お断り。私、雨夜さんに呼ばれる筋合いないから」

「そう？　残念」

陽は少し悲しそうにしょんぼりと肩を落とす。

「仲良くなれると思ったんだけどなあ〜」

「別に、今はってだけだから」

そう言って氷菓は、それじゃあ、と窓をゆっくりと閉める。

すると、閉まるギリギリのところでその手を止め、チラリとこちらを見る。

「伊織……変なことはやめてよね、隣なんだから」

「わ、わかってるよ。気を付けるし、そもそも何も起きないって。お前が一番わかってるだろ」

散々俺にご高説を賜ってくれているんだ、俺が男として微妙なことくらい理解していると思っていたが……。

どうだか、と言いながら氷菓は窓をピシャリと閉めた。

こうして氷菓は自分の家へと引っ込んでいった。

何だか帰っていく氷菓の背中が物悲しげだったのは気のせいだろうか。

◇　◇　◇

「楽しかった〜！」

陽は玄関から出ると、ぐぐっと伸びをする。

外はもう日が暮れはじめ、空が暗くなってきていた。

「今度からは事前に申告してくれよな、心臓が持たないから」

「え、また来て良いって事!?」

あ、墓穴を掘った。

「まあ、駄目だ……って言っても来そうだからな、しょうがない」

やれやれ、と俺は溜息をつく。

「わーい、またこよっと」

「家近いのか?」

「まあ、そんな遠くないよ」

「良かった、じゃあ送る必要ないな」

「あ、送ってくれようとしたんだ?　やっぱり優しい～!」

陽は笑みを浮かべる。

「違うって、一人で遠くまで帰させたら瑠花から何言われるか怖いんだよ」

「ふふ、じゃあそういうことにしといてあげるね。またくるね!」

それじゃあね!　と、陽は元気よく手を振り、帰って行った。

「ふぅ……」

本当に疲れた……。女の子が部屋に来るってマジで精神的に疲れるぜ。いろいろ気になっちゃってまったく落ち着けん。

「あら、帰ったんだ」

丁度陽が帰ったのと反対方向から、ラフな格好をした氷菓が歩いて来て、俺の家の前で立ち止まる。

「あぁ、帰ったよ」

「てっきり朝帰りかと」

「健全な青少年なんでね」

しかし、氷菓はシラーッとした顔で俺を見る。

あぁ、これが信頼されていないということか。

「ふーん……雨夜さんが飲んだコップとか座ってたところ触ったり舐《な》めたり嗅いだりしないでよね」

「す、するか！」

「どうだか」

氷菓は怪しむように眉を顰める。

話題を変えないといつまでも怪しまれそうだ。

「そんなことより……えーっと、買い物かなにかか？」

氷菓の手にはエコバッグがぶら下がっている。

「そうだけど、別にいいでしょなんでも」

「ですよね……」

やっぱり少し怒っているんだろうか。

そして、少しの沈黙。

あれ、用は済んだのか？　ならもう家に戻らないと、瑠花が帰ってきてしまう。夜ご飯作っておかないと。

「まあ、そういうことだから。じゃあな」

と俺が踵を返した瞬間、氷菓が口を開く。

「あの……」

「ん？」

氷菓はこちらを見ず、唇を噛みしめる。

そして、意を決するように息を吸う。

「……さっきはごめんね。勘違いして」

「――――」

え、今……謝罪した……？　あの氷菓が……？

俺は思わず自分の耳を疑った。非常に申し訳ない限りだが、あの氷菓がチクチクとした冷たい言葉を放つ以外に、まさか自分の非を認める言葉を俺に対していうとは微塵も思っていなかったのだ。

「えっと……やっぱ怒ってるよね……ごめん……」

そういって氷菓は足早にその場を去ろうとする。

「あ――いや、違う！　違う違う、怒ってない！」

「そう……？」

氷菓は申し訳なさそうに僅かに上目遣いでこちらを見る。

その眼はほんの少し潤んでいるように見えた。光の角度のせいかもしれない。

「うん。ま、まあ、誤解が解けたんなら別にいいよ。俺も紛らわしかったし……本当に俺たち幼馴染以上の関係とかないから、うん。昔の関わり方で向こうがちょっと距離感バグってるだけで……」

「そう、なら良かった」

「うん」

氷菓はほっとした様子で小さく息を吐くと、僅かに微笑む。

「それじゃあ、それだけだから」

そう言って、氷菓は自分の家へと帰っていく。

どうやら、氷菓は氷菓で一応気にしていたようだ。まあ、あれは俺が……というか陽が悪いんだけど。

あれ、というか買い物はいいのか？　家に戻ってってたけど……。

「お兄ちゃーん！　どうだったー!?」

するとちょうど、外に出ていた瑠花がワクワクした様子で帰宅してくる。

「あ、帰ってきちゃった」

「何々、お泊りでもしようとしてた!?」

「んな訳。悪い、晩御飯作ってないから今日はコンビニ弁当だ」

「ふふ、だと思って弁当買ってきておいたよ。食べよ食べよ。三人分買ってきちゃったけど、一つは二人で食べちゃお」

「女神！」

こうして、長い一日が終わりを迎えた。

◇◇◇

翌日。

今日は一段と暖かく、日差しも強く、いよいよ春という感じだ。

上下に着ていた寒さ対策の肌着とは別れを告げ、少し身軽な気分で登校する。

ようやく四月も中旬を越え、新学期の浮足立っていた空気も消えてきた。

相変わらず陽のスキンシップは激しいが、さすがに数日も続くと周りからの反応も多少は薄くなり始めていた。

あぁ、この二人はこういう関係なのね、という生暖かい視線が降り注ぎ、マジでただの幼馴染だから！　という弁解をした人たちは理解してくれていたが、下級生や上級生、他クラスの連中はそれでも未だに怪訝な顔でこちらを見てきている。

それももうしばらくすれば多少は収まってくるのかなという希望的観測を持っていた。特に根拠はないが、高校生にもなった生徒諸君はそれを擦り続けるほど暇ではないだろうし。

まあ、陽を好きな人はちらほらいるようで、そういった生徒からの突き刺すような視線は絶えないのだが……。そういう人たちに俺は付き合ってませんよ!?　と弁解する意味もないのでとりあえずは保留している。

実際問題、転校生の美少女と何やら親密な関係の生徒がいれば、話題にならない訳がないのは当然ではあり、今の状況は陽との密約を交わした時点で想像できていたことだ。

「まあ、真島っちと陽ちゃんの関係は気にならないといえば嘘になっちゃうんだけどな。さっきも二人で中庭の方に行ってなかったか？」

「まあ……」

短髪で少し目のつり上がったやんちゃそうなイケメンが、そう語り掛けてくる。

「おいおい、あんまり迷惑かけるなよ健吾。嫌そうな顔してるだろ」

そしてその隣から、茶髪パーマのイケメンが短髪のイケメンを窘める。

短髪の男は菅原《すがわら》健吾、パーマの男は響谷《ひびや》瑛人《えいと》。このクラスの二大イケメンであり、そして氷菓が属する一軍パーティのメンバーだ。このパーティメンバーなら魔王を倒すこともできるだろう。追放されるメンバーもいないだろうしな。

昼休みが終わり、俺達は全員青色のジャージを着て体育の授業を受けていた。

着こなしを見るだけでも、俺との意識の違いを感じる。

それ本当に同じジャージだよな？

「だって、気にならねえ⁉　あの美少女転校生とだぜ⁉　瑛人とか久遠ならまだしも！」

悪気はなさそうに、健吾はオーバーリアクションを取る。

一応気を遣っているのか、真島伊織とかありえないだろ！　というワードは出てこなかった。

「幼馴染って話だろ？　東雲とも幼馴染でよく話してるし、違和感はないだろ」

「そんなもんかぁ？　いいよなあ、美少女の幼馴染が二人もいて。けど、氷菓ちゃんの方は結構当たりきちぃし、そんなうまく行ってねえんじゃねえの？　そこんとこ、どうなん？」

なんか俺の話題で盛り上がっているんだが……。

体育は二クラス合同で行われており、今日はサッカーだった。

四チームに分かれて対戦しており、俺のチームの試合はこの次のため、こうしてグラウンドの隅っこに座り、ぼんやりと他のチームの試合を眺めながら雑談に耳を傾けていた。

「聞いてるか？　真島っち」

「えぇ!?　俺？」

まさかの俺に話しかけていたようだ。

「そりゃそうっしょ！　氷菓ちゃんとはどうなんだって話」

「え、いやまあ、見ての通りだけど……」

「だよなあ？　瑛人はちょっと見方がおかしいぜ」

そりゃそうだろう。側からあの態度を見て、「幼馴染として仲良くやってるな。微笑ましい！」となるやつはいないだろう。

「そうかな。俺には結構親密に見えるけど。裏返しみたいな」

響谷瑛人はそう確信しているように言う。

やれやれ、イケメンは人の心が理解できないようだ。

あの氷菓と俺が親密？　そんな訳ないない。それはとうの昔に過ぎ去った幻影だ。

「最近一ノ瀬と東雲で何かコソコソやってるし、それに真島が絡んでると思ってるんだけど」

「さあ……俺は知らないけど……」

あの二人は前から仲が良いみたいだし、特にそういう雰囲気を感じたことはなかった。

まあ、確かに氷菓の様子はここの所おかしいけど。

そもそも最近は陽の相手で手一杯で、クラス替え直後の氷菓との関係の心配などどこかへ飛んでいってしまっていた。

まあでも、俺より一緒にいる時間が長いこいつらの方が、俺より氷菓たちのことを知っていても不思議ではない。幼馴染だった俺の方が知っていると断言できるのなんて、昔の氷菓くらいだが……あの頃の氷菓をこいつらに言うほど俺も落ちてはいない。

「瑛人は考え過ぎだっての！　つーか真島っちが陽ちゃんと親密なのは変わりねえんだから！　なあなあ、今度紹介してくれね!?」

「えぇっと……いやあどうかな、ホンニンノキモチモアルシ……」

「おい、だから迷惑かけるなって。悪いな真島。こいつちょっとデリカシーがなくて。さっさとどっか連れて行くから許してくれ」

「あ、おいちょっと！」

そうして響谷瑛人は菅原健吾を連れ、端の方へと去って行った。

まさか、あの二人まで気にしているとは。まあ、約一名だったけど。

それだけ、今や俺は注目されてしまっていたという訳か。せっかく薄まって来ていたと思ったけど……単純に何事だ!?　という視線が消えただけで、一体どういう関係なんだ？という興味はみんな尽きていないらしい。

それにしても、まさか本当に直球で紹介してくれっていうやつがいるとは。あれくらい女の子に対してガツガツいけるやつがリア充になれるということか。

ようやく一人になって、俺は何気なく反対側のグラウンドを見てみる。

そちら側では、女子が体育を行っており、こちらのグラウンドの野太い声とは違う甲高い声が響いていた。

その中に、ひときわ目立つ二人組の姿があった。

◇◇◇

「ねえ、なんであなたとやらなきゃいけないの……？」

「えー、いいじゃん。私達知り合いなんだしさ」

陽と氷菓はお互いの両手を掴み、左右にググッと引っ張る。

「し、知り合いというほど話した記憶はないけど……準備体操なんて別に私じゃなくて良くない？」

「えー、嫌だった？」

「嫌って程じゃ……今日梓が昼からだから助かるけど……」

言いながら、二人はお互いの肩に手を乗せ、ぶんぶんと足を振る。

隣同士のクラスであるため、二人は体育の時間に一緒になった。

当然、氷菓を見つけた陽の計らいにより、準備体操の組み合わせが陽と氷菓となったのだ。

氷菓はやりにくそうな顔をしているのだが、一方の陽は楽しそうに笑っている。

その様子を遠くから発見した伊織の心境といったら、昨日の今日で何が始まるんだと、はらはらする他なかった。

「氷菓ちゃんって伊織と家隣なんだね、羨ましい」

「羨ましいって……何、昨日も突然家に押し掛けたみたいだけど、伊織を狙ってるわけ？」

氷菓はじとーっとした目で陽を見つめる。

自分にはないメリハリのあるボディライン。否応なしに自分と比較してしまう。

転校生の話題が上がった頃、一ノ瀬梓たちが「好きな人が取られたらどうしようって心配になる人もいる」みたいなことを話していたのを氷菓は思い出す。

無縁だと思っていたけれど、謎の焦燥感にかられていた。伊織も幼馴染以上じゃないと言っていたけど、それが今後も続く保証はないし、なにより陽がどう思っているかはまだわからない。

「狙ってる？　あはは、違う違う。昨日も言ったけどそういうのじゃないって本当に」

「信じられると思う？　傍から見たらそうとしか思えないけど」

「えー普通に仲良しの範疇《はんちゅう》だと思うけど……逆に何でそんなに気になるの？　氷菓ちゃんも狙ってたり？」

言われて、ぴくりと氷菓は身体を反応させる。

「……そんな訳ないじゃん」

氷菓の弱々しい声が出る。

「ふーん？」

と、陽は意味深に呟く。

「まあどっちでもいいけどさ。それより私、氷菓ちゃんとも仲良くなりたいんだよね。女友達が欲しくって」

「あなたならいくらでも友達つくれそうだけど」

これだけ明るければ、人付き合いに困ることなんてなさそうだ。

「そうじゃなくってさ、ほら、私伊織と仲良くしてるじゃん？」

「……まあ」

「だからさ、よくそっちのクラス行くし、近くの氷菓ちゃんとも仲良くなれれば楽しそうだなあって」

「まあ、最近いつも見かけはするけど……。私だって別に嫌って訳じゃないけど」

けれど、自然な流れではなく「仲良くなりたい」などという宣言をしてくるあたり、氷菓は果たしてこの子は何が狙いなのかと眉を顰める。

「本当!?　ほら、氷菓ちゃん結構伊織とお昼話してたりするでしょ？　だから、毎回連れてっちゃうのも申し訳ないなあと思ってたから、一緒に食べられたら良くない!?」

「一緒って……伊織もってこと？」

もちろん！　と陽は元気よく頷く。

先日のお昼お誘い大作戦で大敗を喫した記憶が新しく、苦い思い出となっていた手前、その提案は氷菓にとって魅力的ではあった。

「でも……」

「でもじゃなーい！　気になるんじゃないの、幼馴染と転校生がずっと二人なんてさ」

陽は不敵な笑みを浮かべる。

「は？　いや、別に……そりゃちょっとは気になるけど……」

「一緒に食べたら安心だと思うなあ～」

「う……」

もうひと押しとみたか、陽は続ける。

「伊織って結構周りを気にしてるみたいで、二人っきりはなんだかやり辛そうだからさ、氷菓ちゃんもいてくれたら丁度良いかなあって」

「確かに、本当あいつって何か臆病なんだよね。昔はそんなことなかったのにさ」

「だよね!?　別にそういうのでも気にしないけど、前はもっとこう男らしさあったよね」

ククと笑う陽の発言に、本当にその通りと氷菓は同意する。

「いろいろ言ってあげてるんだけどさ、全然堪えてないみたいで。逆にこっちが疲れちゃうよ。本当、このままで大丈夫だと思ってるのかな」

「まあまあ、今の伊織は伊織でいいところもいろいろあるよ」

氷菓は対抗するように言い、少し力を込めて陽の腕を引っ張る。

「まあ、そうだけどさ。それは私もわかってるし」

「だけど、氷菓ちゃんに言われたことは意外と覚えてるみたいだよ」

「え、そ、そうなの……?」

氷菓は少し驚いたようで、目を見開いて聞き返す。

「よく氷菓にあんなこと言われてわかってるんだけどさ〜みたいなこと言ってるよ」

「そ、そうなんだ……伊織が……」

「そういえば、伊織といえば昨日――」

と、二人は伊織を軸として一気に盛り上がる。

思い出話や最近の話、ちょっと嫌な所や面白い話なんかをお互いにリレーするように語り合い、気が付けば友達のようにラフに話せるようになっていた。

「――だからさ、ね？　友達になろ！」

「まあ……いいよ。友達私もそんなに多くないし」

氷菓は満更ではない顔で承諾する。

「決まり！　あ、あとほら、私引っ越してきたばっかりで家具とか小物類全然なくてさあ。今度買い物、付き合ってよ」

「しょうがないなあ。私いいお店知ってるから、今度行こ」

「わーい！　あ、私のことは陽か陽ちゃんって呼んでね」

「じゃあ陽で」

「よろしく、氷菓ちゃん！」

そうして、波乱を巻き起こすかと思われた体育の時間は、二人の関係が良くなるという予想外の方向でおさまったのだった。

◇　◇　◇

「伊織、お昼食べよ！」

昼休み、もはやおなじみとなった光景が目の前に広がる。

陽はサーッと扉の前に現れると、ひょこっと教室の中を覗く。

それを見た男子たちは口々に呟く。

「また真島か……どうなってんだ!?」

「もう諦めろ、幼馴染らしいし……」

「だとしても悔しいだろうが！」

「まあ、真島のお陰で毎日昼にあの御姿を拝謁させて頂けるだけでも良しとしようや」

そんな陽の登場に沸く声をよそに、陽は手に弁当の袋をぶら下げ、何食わぬ顔で教室へと入ってくる。もはや自分のクラスみたいになってるし。

その瞬間、丁度教室の外に出ようとしていた氷菓とばったりと遭遇する。

まずい、昨日の今日でさすがに氷菓もまだご立腹なのでは……。

「あっ、氷菓ちゃん！」

「びっくりした、陽か。今日も来たの？」

その会話に、俺は思わず驚く。

氷菓あいつ……今「陽」って呼んだか？

俺の記憶が正しければ、昨日の白熱した窓越しのデスマッチでは、まだ雨夜さんと呼んでいたはず。むしろ「あなた」とか言って名前すら呼ばなかった気がするんだが……。それが、一夜明けて一体何があったんだ？　氷菓が名前で呼ぶなんてなかなか珍しい。

「うん！　あ、氷菓ちゃん丁度良かった」

「なに？」

氷菓ちゃんと呼ばれても、もはや嫌な顔をしていなかった。

「これからお昼食べに伊織と中庭行くんだけど、氷菓ちゃんも一緒に食べよ？」

「!?」

俺は思わず陽を二度見する。

氷菓も一緒にだと!?　いやいや、バカ言っちゃいけないよ陽さん。あの氷菓だぞ？　俺がいるっていうのに、「いいね、たまには」なんて言ってくるわけないでしょ。むしろ、「なんで私が伊織と食べなきゃいけないの？　陰気臭い顔が食欲を害するから嫌」くらい言いそうだ（これはさすがに悪く妄想しすぎか）。

ほら来るぞ。

すると、氷菓は少し眉を顰める。

「ごめん。今日は梓とお昼の約束があって――」

「あーー！　忘れてた氷菓！」

「え？」

突然一ノ瀬梓は声を張り上げ、ポンと手を打つ。

「今日あれだ、あたし先生に呼ばれてたんだった！」

「え、急に？　そうなの？　何で？」

「えーっと午前休んだからどうとか？　何か理科室のなんたらがどうのこうのって……だから、ごめんけどお昼はそっちで食べておいて！　あたし行かないとだから！」

「あ、ちょっと！」

そういって、一ノ瀬梓は氷菓の肩をぽんと叩くと、風のように去っていった。

その様子を唖然と見送り、氷菓は一人ポツンと残される。

そして、改めて陽に向き直る。

「……一人になっちゃった」

「じゃあ？」

「……まあたまには、そういうのも悪くないかも」

「わーい！」

マジか、あの氷菓が⁉　雨夜陽、お前何やったんだ⁉

難攻不落に思われた氷菓が、まさか陽によって陥落するとは。陽のポジティブな陽気が、氷菓の氷にも届いたというのか……。

そうして、何の因果か俺は氷菓と陽、二人の学校のアイドルと共に昼食を取ることになったのだった。

これは、嫉妬から帰り道で待ち伏せされて刺されても文句言えないなと、俺はその状況を悲観した。

俺たちは中庭へと移動し、いつもの席に座る。

「言っとくけど、私は陽と食べたくて来たんだからね」

そう宣言し、氷菓はテーブルに弁当を置く。

「わかってるよ、むしろ邪魔だったか？」

「え、あ、いや……そんなことはなくて……たまには伊織と食べるのも悪くない……かなとは思ってるよ……うん」

そう言って、氷菓は髪の毛をくるくると指に巻く。

「ほえ……？」

氷菓にしては素直な言葉に、俺は思わずポカンとした顔で気の抜けた声を漏らしてしまう。

果たしてこれは本当に氷菓か？　ここ最近こんな言葉を聞いた記憶がない。

いや、これ絶対何か企んでるだろ、何が狙いだ？　相席料金とか言って金せびってきたりしないよな？　そりゃ学内には金払ってでもお昼ご一緒したい！　みたいな酔狂なやつがわんさかいるだろうけどさ。

「――って陽が！　言ってて……！」

　と思いきや、まさかの急転換。

「なんだそりゃ……陽なら今の所毎日のように俺と食べてるんだからそんなこと言わない気もするけど……」

「！」

　俺の言葉を聞き、氷菓は目をまるでアーモンド形の猫目のようにし、ゴゴゴゴと威嚇のオーラを放ってくる。

　すると、陽が割って入る。

「そうだよ、せっかく氷菓ちゃんとも仲良くなれそうだからさ、どうせなら三人で食べられるタイミングあったら食べようって私が誘ったの！　伊織もいいよね？」

「まあ……二人がいいなら別にいいけど……」

　本当いつの間に仲良くなったんだか。

　確かに体育の時に二人で何やら話してたけど……これが陽のコミュニケーション能力ということか、すげえな。

　陽は手に持ったお弁当をドサッとテーブルに載せる。

「今日は手作り弁当か」

「そう！　伊織は？」

「本日はコンビニのおにぎり。朝時間なかったからさ」

ここ数日で一気に陽と一緒に食べるというのが定番化してしまった。

万年一人昼飯で、昼飯の流儀をしているのが俺流だったが、あまりの温度差に自分でも風邪をひいてしまいそうだ。

まあ、一人であることにこだわりを持って黙々と食べていたわけでもないし、俺個人としては食べる人数が増えるのは別にいい。一人で食べるのも好きだったけど。

だが、やはり二人で食べていると男子から羨望の眼差しが注がれるのは言うまでもない。

陽は超絶美少女で、もしも陽が俺の幼馴染でも何でもなかったら、まったく話すことも目を合わすことも、そして恐らく半径十m以内に入ることもなかっただろう。

役得……といえばそうだが、むしろ役損な気もする。もしこれが無関係の初めて会った美少女だとして、こんな人気のないところでお昼ご飯を一緒に……なんてシチュエーション、もう完全にデートだろう。

だが、相手は幼馴染の陽……しかも男だと思っていた奴だ。そういう雰囲気になる訳もない（まあ目のやり場に困ったりいろいろ当たったりという得はあるが）。

つまり、良くも悪くも俺たちは〝幼馴染〟で〝友達〟という訳だ。これが幼馴染の本来あるべき姿なのだとしみじみとしてしまう。もう一人の幼馴染じゃあこうはいかないからな。

——と思っていたのだが……まさか氷菓まで一緒に食べることになるとは。

「……な、何……何かついてる？」

思わずじっと氷菓の顔を見ていたら、氷菓は恥ずかしそうに顔を伏せる。

「あ、いや……特に何も」

「はあ？　何それ。……というか、サラダとかも買ってないの？　それじゃあ野菜少ないじゃん。そんなんじゃすぐ身体壊すよ本当に」

氷菓は俺の手元を覗き込み言う。

「お母さんかお前は。野菜なんておにぎりと一緒に買わないだろ、反逆者だあれは」

「なっ……はあ？　お母さん？　何言ってんのあんた……好き嫌いしないで野菜も食べたほうが良いって言ってるだけでしょうが。ああ言えばこう言う……」

「まあ……確かに俺は普段の弁当の時も茶色いが……」

本当にもう、と溜息をつきながら、氷菓は自分の弁当を開く。

赤黄緑と、色とりどりのおかずが姿を現す。

それは冷ややかな雰囲気を持っている氷菓とは対照的に、なんとも可愛らしい弁当だった。

「なんて完璧な栄養バランスだ……」

「わあ、すごい」

覗き込む俺たちに、氷菓は肩を竦める。

「普通でしょこれくらい」

「そんなに俺の栄養バランスが気になるなら氷菓が俺の弁当作ってくれよ、栄養満点なやつ」

「なっ……！　なんであんたのを私が……！」

「あ、いやすみません調子乗りました、冗談です許してください」

俺は高速で手のひらを返し、謝罪の意を表明する。

「え、あ、いいの……？」

「さすがに作ってもらえないだろ」

「いや、別に……まあ……」

氷菓は少ししゅんとした感じで視線を手元に戻す。

「私も弁当オープン！」

そう言って、陽は弁当を開く。氷菓に比べると茶色が多いが、それでも健康に気を遣っていそうなバランスの良い弁当だ。

「おお、陽のもなかなか」

「でしょ。さ、食べよ！」

そうして俺たちは雑談も早々に、昼食を始める。

何だか三人でというのはむず痒《がゆ》いな。右向かいに陽、左向かいに氷菓なんて、こんなの金剛力士像だろ。

二つの像に睨まれ、門の前で動けなくなる参拝客の気分だ。

黙々と静かに食事が進む。なんとも微妙に気まずく、箸を動かす音が響き、遠くから生徒たちの笑い声が聞こえる。

氷菓と普通の会話をしたのなんて遠い昔だ。あぁ、下駄箱で少し話したっけ。あの時もなんか様子おかしかったし。何を言ったらいいものか。

すると、陽がもぐもぐとおにぎりを食べる俺の顔を見る。

「伊織、それ何おにぎり？」

「これ？　梅と昆布。おにぎり界のレジェンドのお二方だけど」

俺は昆布は確定、残り一つはその日の気分と決めている。

「え〜その二つだけ？」

陽は身を乗り出す。

「そうだけど」

「それだけじゃ足りなくない？　午後お腹すくでしょ？」

「そうか？　俺としては植物みたいにじっとしてるから、そんな足りないって程じゃないけどな。まあ、確かに陽たちのカラフルな弁当を見ると、おにぎりだけってのは味気ない気もするけど……」

するとと、陽は自分の弁当箱の中に箸を伸ばし、何かを掴むとぐいと俺の方へと向ける。

「なに……？」

目の前に差し出されたのは綺麗な黄色をした卵焼きだった。スーパーとかで買える既製品のような焼き具合だ。

「仕方ないから、一つを伊織君に進呈しようじゃないか。ご飯と合うよ」

そう、陽は微笑む。

「え、くれるの？」

「あはは、それしかないでしょ。おいしいよ～私が朝早起きして作ったんだから」

「なん……だと……？」

陽の……手作り……!?　これが!?　料理上手かこいつ！　それは……正直食べたい……！

生まれてこの方、俺は女の子の手料理を食べたことがない。バレンタインなんかでも、手作りチョコというのをもらった記憶もない。恋愛に興味ないとはいえ、そういうものには多少の興味がなくもなかった。そういうのは恋愛とは別だし？

「えっ!?」

するとガタッと、隣で氷菓がものすごい物音を立てる。

見ると、氷菓は危うく手に持った弁当を落としそうになっていた。

「だ、大丈夫か……？」

「お、お構いなく……」

なんだ急に、意外とドジっ子かこいつ？

それよりも。今は目の前に浮かぶ手作りの卵焼きだ。

「い、いいのか？」

「もちろん！　これから幼馴染として仲良くしてくんだから、そのお礼みたいな物だよ」

「大げさすぎるが……」

「というか、別にそんな大それたもんじゃないって！　友達同士、おかずの交換くらいするでしょ普通」

「交換に差し出すものがないんだが」

「ほら、昨日からあげもらったし、そのお返しってことで」

「あっ」

そういえば、昨日陽のやつが俺の箸からぱくっとからあげを強奪していったっけ。

それのお返しと考えればフェアか……。まああれは冷凍だったけど。

「ほら食べて！」

そう言って、陽はぐいぐいと卵焼きを押し付けてくる。俺の口角にぷにぷにと柔らかい感触が当たる。

「わ、わかった！　箸をかしてくれよ。自分で食べるから」

「ええ？　面倒じゃん、このまま食べさせてあげるよ。あーん」

「はあ!?」

「何、恥ずかしがってるの？　かわいい～」

陽はニマニマと揶揄《からか》うような笑みを浮かべる。好きだなその顔！

「は、恥ずかしがってねえよ！　昨日確かに俺から食べさせたけど、逆はなんというか、
これは――」

女の子からあーんしてもらうとか、何か……何かダメじゃない!?

「え、よ、陽本気で食べさせようとしてる!?」

「当然でしょ！」

唖然とする氷菓に、陽は楽しそうに笑う。

なんだこの状況……！　なんなんだ!?　ラブコメの主人公か俺は!?

ああもう、やってやる……やってやるさ!!　食ってやるよ！　俺には、それが出来る
「ん……」

……！　舐めるんじゃねえ！

「い、伊織!?」

俺は大人しく口を開け、おかずを迎え入れる体勢を整える。

「なんでそんな目が虚空を見つめてるの？」

「……気にするな。さっさと放り込んでくれ」

「なるほど。はい、あーん」

「あー……」

と、次の瞬間。ひょいっと目の前の卵焼きが消える。

「あー……あ？」

「なんちゃって」

「はあ⁉」

「あはは、残念！　これは自分で食べます」

「ええ……」

おいおい……あーんしたのがバカみたいじゃないか！

てか、普通に手作り食べたかったな……絶好のチャンスが……。

「……もう、そんな顔しないでよ～やっぱり食べたかった？」

「ち、違うわ！　そんなことだろうと思ったって顔だよ、昔からそういえば陽はこんなんだったな」

「あはは、怒らないでよもう～」

「怒ってないって。昨日も別に俺が食べさせたというより陽から——んぐっ⁉」

俺が口を開いた瞬間、ぴょいっと卵焼きが俺の口の中へと差し込まれる。

「⁉」

氷菓がギョッとした顔をしたのが、視界の端に映る。

「ふっふ～、やっぱあげる。昨日のお返しだからね」

キラキラした目で俺を見つめる陽に、俺は思わず噛むのを忘れるほど見とれてしまう。

というより、あまりの出来事にびっくりしすぎて心が追い付かないです……。

口の中へと入れられた卵焼きが、舌の上で喜び跳ねる。砂糖が入っているのか少し甘めで、優しい味だ。

「……美味いな」

「でしょ～？　すごいでしょ自分で作ったんだよ」

「こんな器用なこと出来るんだな、普通にすごい」

「え、えへへ、伊織からストレートに褒められるとちょっと照れるな……」

陽はえへへと頭をかく。

俺はおにぎりに齧りつく。卵焼きの感触と米が合わさり、絶妙なうまみを演出する。

あぁ、最高だな。お弁当を分け合える友達……悪くない。意外と悪くないぞ。

「ぐぬぬ……」

「ど、どうした氷菓？」

何やら顔をしかめ、氷菓がこちらを見ている。

「こ、こんなとこで食べさせるとか……破廉恥すぎる」

「いやいや、そんなことないだろ!?」

「口に物入れるとかありえない……黙って見てたけど、ほ、本当にやるなんて……。昨日もやってたし……！」

まずい、黙って見てたからてっきりなんとも思っていないのかと思ったら、結構怒っている……！

せっかくの昼が面倒なことに……どうすれば……。

「氷菓ちゃん、友達同士なら普通にやることだよ？」

真剣な顔をして言う陽に、氷菓は突っ込む。

「はあ？　聞いたことないし。やっぱり、二人はそういう関係……」

とその時、俺は名案が頭に浮かぶ。引いてダメなら、押してみろ、ってやつだ。

「氷菓、マジで友達同士だとよくやることだぜ」

「はあ？　聞いたことないって」

「いや、マジだって。何なら俺がお前に食べさせてやろうか？」

「！」

ま、氷菓が俺から食べさせてもらうなんてことを許容するはずがないだろうがな。

だが、これでいい。こいつの謎の怒りの矛先を、俺が食べさせてもらったという事実から逸らして、俺から食べさせてもらうなんて願い下げよ！　って方向にもっていけばいいのだ。氷菓の興味を逸らし、この場を切り抜ける！

二つのことに同時に怒るなんてのは無理な話だ。我ながらなんて天才的な作戦なんだ……俺って頭脳派だったっぽい？

「あっえっ……？　そう言う……もの？」

「そうそう、そう言うもんよ。だから良い加減──」

すると、氷菓は少し動揺した様子で視線を泳がし、意を決したように俺の左隣に座る。

「は……？」

──いや待て、何でこいつ俺の隣に座ったんだ……？

氷菓はぎゅっと目を瞑ると、少し震えながら口を開く。

「……氷菓さん？」

「と、友達同士だったらするっていうなら……食べさせてよ」

「!?」

タベサセテヨ？

一瞬、逆に俺が混乱する。なんだって？　こいつ今なんて言った？

「いやいやいや、マジ？」

「な、何さ、友達だったら誰でもやるんでしょ？　というか普通にやってたでしょ……そっちの二人は」

「そ、そうだけど……」

え、逸らす作戦だったんだけど……あれ？

何かよくわからなくなってきた……でもここで友達じゃねえよ！　なんて言ったら余計ややこしくなりそうだし……。

「何、やっぱり私には無理なんじゃ……」

寂しそうな表情をする氷菓に俺は間髪を容れず答える。

何が狙いかはわからないが……！

「やるやる、じっとしてろよ」

「お、お願いします……」

氷菓はあーんと口を開いて目を瞑っている。

白い肌にぷるっとした唇……ぴくぴくと震える瞼《まぶた》。やば、何かこの絵やばいだろ……。

口の中が……。

落ち着け、これは氷菓だ。見慣れた女だ。いつも小言を言ってくる氷の女王だ……動揺するな、俺。

俺は恐る恐る右手に鮭おにぎりを持つと、ゆっくりと氷菓の方に近づける。

少しずつ距離が近づく。おにぎりと氷菓越しに、陽がワクワクした表情でこちらを見ている。

氷菓は受け入れ態勢万全で、引く気はなさそうだ。

ああもう、ここまで来たら行くしかねえ！　どうとでもなれ！

「んっ……」

おにぎりが氷菓の口に触れる。ぷにっとした感触が、おにぎり越しに僅かに伝わる。

「はむっ……」

そのままおにぎりに噛みつき、氷菓はモグモグと口を動かす。

ハワワ、といった表情で陽はそれをまじまじと見つめているが、そもそもお前のせいだからなこの状況は！

嚙んだおにぎりをごくりと飲み込むと、氷菓は口を開く。

「まあ……無難に美味しい……」

「そ、そうか……コンビニのだしな……」

「うん……」

「……………」

なにこれ!?　何この状況!?

何で俺は氷菓におにぎり食べさせてるの!?

なんで奥の陽はそんな楽しそうにこっち眺めてんの!?

「へへ～いいねえ。私のも食べてよ氷菓ちゃん！」

「そ、そうだね。陽も友達になったし」

陽はすんなりと氷菓の口にからあげを入れる。

「ふふふ、どう？」

「――美味しい……」

「わーい！」

氷菓は一通りもぐもぐと口を動かし、からあげを嚥下《えんか》すると、チラッと俺を見る。

「……なんか、私だけやってないのずるくない？」

「はあ？」

そう言って、氷菓は自分の箸をとる。

そして、弁当から鶏の照り焼きを一つ掴むと、陽と同じように俺の方へと差し出す。

「これでおあいこでしょ。ほ、ほら伊織、手作り好きでしょ？」

「どこで対抗してんだよ!?」

「うるさい！　文句ある？　食べさせられたんだから、伊織も食べてよ」

「んな報復みたいな……文句は別にないけど……なんか意地張ってない？」

「張ってないから」

淡々とした氷菓の表情に、俺は覚悟を決める。

「だよね？　張ってないよね、わかってた」

すると、氷菓はゆっくりと俺の方へと箸を近づける。

仕方ない、これも冷静に考えれば悪くない……どうせくれるというなら貰ってやろうじゃないか。

もうこの光景を周りに見られていても知るか、時既に遅しだ、いくところまでいってやる。

俺は口を開け、陽の時と同じように待つ。すると。

「……ちょ、ちょっとタンマ。なんか正面から入れづらいんだけど」

「どうしろと」

「そこに寝そべって、上から口に投下するから」

「爆撃!?」

こいつ何言ってんだ!?　いくところまでいってるのはお前じゃねえか！

「良いから！　その方が入れやすいでしょ」

「そ、そう言うもんか……？」

「そう言うもの！」

俺は大人しく指示に従い、椅子に横になる。

何やっているんだ俺はという感情を押し殺し、黙って上を見上げる。

氷菓は俺の近くに座り直すと、俺の顔を覗き込み、髪を耳にかける。

この見慣れないアングルに、俺は思わずごくりと唾を飲み込む。

おい、下から見ても可愛いのは反則だろ。

「い、いくよ……」

「おう……」

氷菓は少し顔を赤くしながら、ゆっくりと俺の口へと箸を近づける。

何やってんだこれ、なんでこうなったんだ。というか、お前が照れてどうするんだ！

すると、陽が口をひらく。

「ねえねえ、そこまでするならさ、膝枕とかにしたら良いんじゃない？」

「は、はあ!?　そこまでしてあげる義理はないから！」

「んがっ!?」

反論の勢いがあまり、氷菓は俺の口に真上から肉をぽとりと落とす。

それはなんとか俺の口に入り、危うく喉に詰まりかける。

「あ、落としちゃった。ナイスキャッチ」

「ごほっ！　い、いきなり落とすな、喉がびっくりしただろ！」

「ご、ごめん、陽が意味不明なこと言うから……」

「えへへ、ごめんごめん。調子乗っちゃった」

「まあ良いけど……美味いし」

俺はもぐもぐと口を動かしながら言う。

甘いたれが絶妙に鶏にマッチしている。氷菓の薄味な味付けもなかなかに素晴らしい。

めっちゃ氷菓っぽい。

「そ、そう？」

「うん」

「それは……良かったです……はい」

そう言って、氷菓はいそいそと元の席に戻っていく。

これ、氷菓のやつ意地張ってやったは良いけど、夜悶えるんじゃないか……。

だめだ、こんなこと繰り返していては身も心も持たん……。一体こいつら、俺で何をしたいっていうんだ？

全男を敵に回させて、孤立するかどうか観察する遊びでもしてるの？

すると、不意に鐘の音が鳴り響く。

「あっ、もうこんな時間になっちゃった。今日も体育館行きたかったのに～」

「勘弁してくれ、連日は俺の身体が持たん……昨日だって午後死んでたぞ」

「え、陽って昼に運動してるの？」

氷菓は弁当を片付けながら言う。

「昨日はね。あ、今度氷菓ちゃんもやる？」

「いや、私はパス。昼から運動とかきつすぎ」

「えーそっかあ」

すると、陽はポンと俺の肩に手を乗せる。

「やっぱり、私達で行くしかないね」

「俺にはどうするか聞いてくれないのかよ」

「伊織は来てくれるでしょ？」

にこっとする陽に、俺は渋々首を縦に振る。

「まあ……たまにはな」

「えっ⁉　じゃ、じゃあ私もたまには……」

「なんでだよ」

「やった、じゃあまた次の機会にしよ！」

そうして、俺達は弁当を片付けるとそそくさと教室へと帰る。

途中、トイレに行くと言った陽と別れ、俺と氷菓は二人きりになった。

「……」

気まずい。

何か友達の友達みたいな空気感が漂っている。そんなことないのに。

基本的に陽が中心としてぐいぐいと引っ張り、俺達はただその陽が作った波に乗って会話しているに過ぎなかったから余計に。

そういや、氷菓と同じクラスになるのは中学以来だったか。だから、こんなにも一緒の空間にいることになるとは、つい先月までは微塵も思っていなかった。

それが、今や一緒にお昼を食べるようになるなんて、何が起こるかわからないものだ。

とは言え、氷菓がまだ何を考えているかわからない。俺には想像もつかないような何かを考えているんだろうが……。最近態度や言動が少し変わってきているような気がしなくもないし。

気が付けば、もう教室の前へとついていた。

特に会話もなくついてしまった。まあ、こんなものか。

すると、扉の前で不意に氷菓が動きを止める。そして。

「……ねえ」

氷菓が口を開く。

「……な、何？」

なんだ、急に……この土壇場で一体何が……。

しかし、氷菓の語り口は穏やかだった。

「確かに陽と今度お昼食べようって約束してたのもあったし、陽と話したいというのもあったけど……」

氷菓はそこで言葉を区切る。

こちらを振り向こうとはせず、視線は反対側を見ている。

そして、続ける。

「……一応、伊織とも久々にお昼一緒に……食べたいなとはちゃんと……思ってたから。嘘じゃなくて」

「え」

「……それだけ。またね」

そう言って、氷菓はドアを開けるとこちらを振り向かず、教室の中に駆け足で入っていく。

俺はしばらく何を言われたのかを理解できず、頭の中でその言葉がリフレインしていた。

それは、氷の女王というにはあまりにも不意を衝く、予想外に素直な言葉だった。

第三章　デート×デート

『けど……君がしたいなら私は応援するよ。東京でも、頑張ってね』

暗い部屋で、俺はモニターに映る映画をぼうっと眺めていた。

普段見るアクション映画のような爆音やド派手な戦闘はなく、サスペンスのように殺人が起こったりシリアスな心理戦が繰り広げられたりもしない。

出てくるのはさわやかな男女と、淡い風景のみ。

男女は両方とも察して欲しいと言わんばかりに重要な言葉が少なく、好きなくせに言葉にしないからすれ違い、気が付けばお互い違う土地で働きだした。

恋敵が出てきて、やっぱり好きなの！　と急に焦りだしてすべてを投げ出してヒロインはヒーローに会いに行く。そこでやっと両想いとわかり二人は結ばれる。

そんなストーリー展開を約二時間見せられ、俺は溜息とともにエンドロールの壮大なラブソングをぶちぎるように停止ボタンを押す。

「いやいや……普通わかるでしょ」

俺は停止されたモニターを見ながらついつい言葉を漏らす。

明らかに両想いじゃん、なんでどっちかでも好きって言わないんだよ。女の子は言葉足らず過ぎて危うく男を別の女に取られるところだったし。

男は男で全然ガツガツいかないから、女の子に気づいてもらえないし、ふらふらしてるから他の女が寄ってくるし。

こんなの現実にないからね。さすがの俺もこれだけ好き好きアピールされたら気が付くわ。ツンデレなんて明らかにわかるじゃん、節穴かよ。

いやそりゃね？　映画なんて長尺を埋めるためにすぐくっついてしまったらダメなのはわかるよ？　でもさあ、さすがにこれ好かれてるって気が付かないのはおかしいじゃん。

その状態で他の女の子好きになるのも意味わからないし、その後もずっと鈍感だし……。

やっぱ俺には恋愛映画は向いてないな、いろいろ気になってしまう。

「お兄ちゃ～ん、ご飯だよ～」

と、不意にノックもせず瑠花が部屋へと入ってくる。

今日はチャック付きのパーカーに、ショートパンツという恰好で、健康的な脚がすらっと伸びている。

あいにくと胸部に目立った特徴はないが、それを補うだけの健康美がそこにはあった。

もし同級生がこの瑠花の姿を見たら、まあそれは大変なことになるだろう。兄で良かった。

とはいえ、それとこれとは別の話だ。

「おい、ここはお兄ちゃんのプライベート空間だぞ、そんな自動ドアみたいにするっと入ってくるんじゃないよ」

「いいじゃん兄妹なんだからさ」

言いながら、瑠花はえへんと胸を張る。

何故胸を張る、胸を。

「――って、あれ？　それって、今はやりの恋愛映画？　珍しいね」

瑠花は俺のモニターに映る画面を見てほええっと声を上げる。

「陽に勧められてさ。映画好きならそういうのも見てみたらってさ」

「へえ、陽さんとうまくやってるんだね。意外」

「意外言うな」

「えへへ。で、どうだった？」

俺は微妙という意味を込めて、肩を竦める。

「そっか。まあ、お兄ちゃんのにぶちん具合だと、見ても面白くないだろうね～」

「はあ？　むしろ登場人物の鈍さに辟易したぜ。俺ならこうはならないね」

「………………もう少し自分を客観的に見なよ、お兄ちゃん」

「得意分野なんですが」

すると、瑠花は呆れるように溜息を漏らす。

「そんなんだから彼女もできないんだよ、妹はお兄ちゃんの将来が心配です」

瑠花はオヨヨと泣きまねをする。

「泣くな泣くな！　いいんだよ、俺は一人で独身貴族として生きていくから」

「まあ、今時それもいいけどね～。お兄ちゃんが幸せならＯＫです」

瑠花はぐっと親指を立てる。

「しっかし、恋愛映画は俺には向いてないみたいだ。反動でもっとド派手なのが見たくなったわ」

「そういえば、お兄ちゃんが好きな映画……えーっと、あ、『イモータル・アーム』の２がもう少しで公開じゃなかった？」

「その通り！」

『イモータル・アーム』は俺が生まれる前に公開された映画で、正直マイナー映画もいいところだ。それが、今になって２の制作が発表され、いよいよ公開されるという。採算など取れるわけもないというのに、一体どこの誰がゴーサインを出したのか。マジで感謝。

「それで発散するわ、このたまったもやもやをな。瑠花も一緒に――」

「私はパス」

瑠花は腕でバツ印を作って見せる。

「1も別に面白くなかったし……」

「ダヨネ」

「陽さんとか氷菓ちゃん誘っていけばいいんじゃない？　喜ぶよ～」

「バカ野郎、俺から誘われて喜ぶわけないだろ。そういうのは好きな奴から誘われないと普通は『うわっキモ！』って思われるんだよ」

瑠花は呆れたようにゲンナリする。

「やっぱりお兄ちゃんはもっと恋愛映画を見て勉強した方がいいかも」

「なんでだよ」

「自分で考えな～」

そして瑠花は、ご飯できてるからね～と言い残し俺の部屋を後にした。

やれやれ、瑠花はまだ子供だからな、恋愛というものをわかっていないらしい。

数々の経験を経て、客観的に見られるようになった俺には手に取るようにわかるのだ。

とりあえず、俺にはそういったチャンスは訪れないだろうということは確定で。

◇　◇　◇

「眠っ……」

昼休み、俺はひとつ前の授業の眠気を引きずり、完全に睡魔との戦いに敗北していた。

上半身を起こす力は残っておらず、だらっと机の上に身体を放り投げる。

氷菓と陽と俺、三人での昼休みの一件から一週間近くが経った。

あれから俺たちは何度かあの中庭で一緒に昼ご飯を食べたり、体育館で運動したりといろいろと三人で動くことがあり、気が付けば氷菓は陽との距離が大分縮まっていた。

氷菓の性格からして、陽は苦手なタイプかと思っていたんだが、どうやら見当違いだったらしい。

本日のランチは、陽はクラスの友達と、氷菓は一ノ瀬梓たちと、そして俺は自席でソロという三者三様の形で食べ、久しぶりに平穏な昼下がりだった。

クラスでご飯を食べ終わった陽は、意気揚々とうちのクラスへとやってきて、氷菓や一ノ瀬梓と雑談をし、今は急に陽が飲み物を買いに行くと言いだし、それに氷菓が付いていった。

正直、ここまで仲が良くなるとはね。

「眠そうだね〜真島っち」

跳ねるような陽気な声が聞こえ、俺はちらっと顔を上げる。

声の主は、一ノ瀬梓だった。

金髪にインナーカラーが入ったおしゃれなウルフヘア、着崩された制服、そして耳に着けられたイヤリングが一ノ瀬梓のギャル信頼度を底上げしている。

一ノ瀬梓は俺の身体を避けるように、机の空いているスペースにちょこんとお尻を乗せている。僅かに腕にスカートのサラサラした感触を感じる。

何でギャルってこんな距離感近いんですか？　だから男子は勘違いするんですよ？　本当悔い改めてください。

「まあ、ちょっと寝不足で」

俺は平静を装って答える。

「ふーん。何々、もしかして夜遅くまでえっちな動画でも見てた？」

「ふぁぁ!?」

俺は思ってもいなかった攻撃に思わず変な声が出る。

「うける、何その声。図星だった？」

「あ、いや、見てないっすから、全然！」

「あはは、面白〜。こりゃ雨夜ちゃんも飽きない訳だ」

何か弄られてるし……。

一ノ瀬梓はむふふんと、俺をからかうように見下ろす。

「にしても、お互い待ってると暇だね〜あたし達って別に仲良いわけじゃないしさ」

「ハッキリ言うなあ!?」

本心ハッキリ言っちゃうの、ギャルって。それがコミュニケーションの秘訣ですか？

「あはは！　冗談でしょ冗談、もう真島っち、ちゃんとツッコんでよ」

言いながら一ノ瀬梓はパシパシと俺の背中を叩く。

「ツッコミ待ちだったのかよ。事実すぎて硬直しちゃったよ」

「そんなんだから氷菓にいろいろつけ込まれて言われるんだぞ〜」

「ご存じでしたか」

「当然っしょ！　たまにはオラァァ！　って男らしく反抗してみせないと」

言いながら、一ノ瀬梓はシュッシュッとジャブの真似をする。

「いやいや、実際氷菓から無理難題言われてもフゥンって感じだからこっちとしては。こっちはもう今更変えるのは無理って諦念してるわけ」

「無理難題ってほどかなあ？　あ、厨二病ってやつ？」

「やかましいわ」

「あはは！　いい反応〜。真島っちって何かこう……からかいたくなる気持ちはわかる。可愛いって感じ」

可愛い？　可愛いって何だよ、どっちかと言うとカッコいい側だろ俺は、瑠花が中の下くらいはあるって言ってたし……それは家族の色眼鏡だろとか言わないでね。

「可愛いって……まあ、影が薄いというのからは進化したのか？」

「そそ！　こっちとしても、君たちのことは外から生暖かく見守らせてもらう予定だからさ」

「？」

一ノ瀬梓はにんまりと笑う。

不思議と、ギャルのズカズカくる感じのせいか、何だかついつい話しやすいと感じてしまう。これがコミュニケーション強者というやつか。これで勘違いする人間が多いんだな。

だが、今の俺にそれは効かない。同じ轍《てつ》は踏まないぜ。

とはいえ、ここまで一ノ瀬梓と会話らしきものをするようになったのも、本当最近だ。

絶対に交わることのない人種だと思ってたんだけどな。

「おっ、田中《たなか》じゃん久しぶりに見た～！」

廊下の方で別クラスの友達を見つけたようで、一ノ瀬梓はふらふらとそちらの方へと吸い寄せられていく。

こうして、俺は今まで通りのぼっちへと戻る。

いやあ、この静けさこそが俺って感じだよな。

教室の喧騒をぼんやりと輪郭だけ聞きながら、俺はボーッと窓の外を見る。

長閑《のどか》だ……まさに今の状況に相応しいな。

胸を触ったという銃弾を込めた拳銃を頭に突き付けられ、前みたいに友達に戻れと陽に脅迫された時はどうなることかと思ったが、想像していたよりは何とかなっている気がしている。

まさかそこに氷菓もくっついてくることになるとは思わなかったが、やっぱり何か狙いがあるんだろう。あの氷菓が何も無しに俺に構ってくるはずがない……。

そんなことを考えてぼんやりしていると、少しして二人が帰ってくる。

「氷菓ちゃんから借りたマンガめっちゃ面白かった～！」

「早っ、もう読んだの？　十巻くらいあったと思うけど」

「うん！　昨日徹夜しちゃった」

おっとそれは地雷だぞ。

徹夜なんか自堕落なことするとかありえない、と氷菓のつららが放たれるはずだ。

「へー陽でも徹夜ってするんだ。そんな面白かった？」

「うん！　完全に時間忘れて読んじゃった」

つららが放たれないだと……俺だったら確実に飛んでくるんですけど？　ちょっと陽に甘すぎじゃないですかね。

「それは良かった。てか、徹夜なのにそんな肌艶良いの？　何で？」

「そう？」

うんうんと氷菓は頷く。

「私なら隈出来たり、肌荒れたり散々」

「そうなんだ、じゃあ私結構肌強い方かも。日差しで鍛えたからかな？」

そう言って陽は笑う。

「羨ましいなあ」

「えぇ、氷菓ちゃんも肌綺麗じゃん？」

言われて、氷菓はスマホで自分の顔を確認する。

「そんなことないけどなあ。近くで見たらすごいよ」

「そう？」

二人は立ち止まると、陽はぐいっと至近距離から氷菓の顔を覗き込む。

おいおい、危ない距離すぎるだろ。……ありがとうな？

「うーん、めっちゃ綺麗ですけど……」

「そ、そう？　まあいろいろスキンケアとかしてるから……陽はしてなさそう」

「まあ適当かな？　けど氷菓ちゃんも綺麗だしいいじゃん！」

「まあね。ノーケアでそれはやっぱり羨ましいけど……ま、ない物ねだりか」

そう言って、氷菓は首を竦める。

「そうそう、自分に合ってるのが一番！」

「だね」

そんな会話を繰り広げながら、二人はようやく俺の席の方までやってくる。

目の前の席に氷菓が座り、その机に陽が腰掛ける。

「いやあ、お待たせ伊織」

「長かったな」

「話しながら歩いてたら時間かかっちゃった」

「あれ、梓は？」

「あっち」

俺は廊下の方を指さす。

「あぁ、田中さんか」

有名なのか、田中さんは。苗字はいたってシンプルだが。

「そういえばさ、私の家って今物が少ないんだよね、引っ越したてでさ」

陽は買ってきた紙パックのジュースを飲みながら言う。

「そういえば前言ってたね、小物とか見に行きたいって」

「そう！　だからさ、氷菓ちゃん今週末一緒に買い物行こ〜？」

陽はうるうるとした瞳で、手を握り合わせて陽にすり寄る。

氷菓はスマホを取り出すと、慣れた手つきで何かのアプリを開き、じっとそれを見つめる。

「今週末は……特に予定ないかな。バイトも入ってないし」

「本当!? ねね、行こう～？」

「まあ、前約束もしたしね、いいよ」

「やった！」

陽は嬉しそうにパチパチと手を叩く。

すると、氷菓は勝ち誇った顔で言う。

「良いでしょ、伊織。今週末私と陽で買い物行くから。どうせ勤勉な伊織くんはお家で怠惰を極めるんでしょ？」

自慢気に言う氷菓に、俺はクックックックと笑う。

「な、何その笑いは……」

「生憎だったな、俺は今週末予定があるんだよ。映画を見ないといけないからな」

「映画？ そんなのいつも見てるでしょ」

「今回は違うんだな。映画館に行くんだよ、映画館に」

すると、ピクッと氷菓の顔が反応する。

「あ、まさか『イモータル・アーム２』？」

「そ、そうだけど……何でバレてるんだ」

「あんたが前に好きだとか言ってたでしょ、わかりやすいんだから」

そう言って氷菓はやれやれと肩を竦める。

確かに過去に言った記憶はあるけど、普通そんなこと覚えてるか？　クソマイナー映画だぞ？

……いや、どうせ瑠花あたりが告げ口したんだろ。嫌々ながらも覚えてたってわけか。

すると、ばん！　と机に両手を乗せ、陽が身を乗り出す。

「それじゃん！」

「……どれ？」

「映画だよ映画！　確か映画館ってあのショッピングモールでしょ？　私たちの買い物と一緒に行こうよ！」

「「はあ!?」」

俺と氷菓の言葉がハモる。

最速でレスポンスを返したのは、俺ではなく氷菓だった。

「な、なんで伊織も!?　女子会じゃないの!?」

少しテンパった様子で、氷菓は声を張りあげる。

「いや、まったくもって俺もその感想なんだが」

「ダメというか何というか……男女で出かけるとかそんなの……デ、デートみたいになっちゃうでしょ……」

氷菓は少し恥ずかしそうに言う。

「いや、陽もいるんだから人数的にデートではないのでは……」

すると、陽はちょいちょいと氷菓を招き、何やら耳打ちする。

「は……はあ？　いや、だから違うし……私は別に伊織は…………そうだけど……」

何やら氷菓はむむっと顔をしかめている。

ズバッと否定できるほどではないことを囁かれているのだろうか。

「二人って……ダメダメ、私そんな……まあ確かに……したいけどさそりゃ……」

氷菓が話しながらチラッとこちらを見てくる。

少なくとも俺の話をしているということだけはわかった。

俺は自分の紙パックリンゴジュースのストローを咥え、ずずずっと啜《すす》りながらぼうっと
その会話がいつ終わるのかと様子を眺める。

「——だからさ、たまにはそういう機会があってもいいんじゃない？」

「そうかもだけど……というか、まずこいつが出不精な時点で望み薄ですけど」

氷菓はこちらをじとーっと見つめてくる。

「……しょうがないから、伊織も付いてきてもいいよ、来たいならさ」

「いや、行かないけど……」

ほらね？　と氷菓は陽を見る。

こんな女子二人の買い物について行ってみろ、学校でさえ好奇の目にさらされるんだ、おいあの小僧は何で美少女を二人も侍らせているんだ!?　パパ活か!?　とか思われちゃうだろうが。

もしクラスメイトや同じ学校のやつに見られようものなら、確実に変な噂が流される、できればそれはごめんこうむりたい。

「美少女二人と買い物行けるなんて、この先そうそうないと思うよ～？」

「自分で言うな自分で」

しかし、陽はじっと俺の目を見つめる。

その目は、確かに物語っていた。「あのショッピングモールでのこと、ちゃんと覚えてる？　約束したよね？」と。

「私、伊織と出かけたいな～」

「ぬ……ぬぬ……」

確かに断るほどのことではない。ただ一緒に出かけて、こいつらがショッピングするのをベンチから眺め、その後一人で映画を見るだけだ。それならまあ――

「あ、もちろん映画私たちも見るよ？　ね？」

「はあ!?」

「ま、まあ……暗い中隣に座るなんてちょっとあれだけど……せっかく行くならね」

おいおい、マジかよ……。

氷菓と陽の瞳が、じっと俺を見つめる。

こいつら、揃いも揃って整った顔しやがって。

俺はうぬぬと喉の奥から渋い声を絞り出し、そして諦め短く溜息をつく。

「……わかったよ。別に一緒のところに行くんだし、付き合うよ」

「わーい！」

こうして、今週末。俺は氷菓と陽、二人の美少女とお出かけすることになったのだった。

◇◇◇

それから金曜日まであっと言う間に時は進み、気が付けば氷菓たちとの約束が翌日に迫っていた。

「お兄ちゃん、お風呂あがったよ～」

瑠花がバスタオル一枚だけ身体に巻き、お湯で濡れた髪の毛をタオルでパタパタと乾かしながら俺とテレビの間に立つ。

「おい、ちゃんと服着ないと風邪ひくぞ」

「え～お兄ちゃん的には可愛い妹のこんなセクシーな姿を見れて嬉しいでしょ？」

「…………」

そう言って、瑠花は俺の目の前で腰に手を当て、仁王立ちする。

僅かに濡れ残った鎖骨に、色っぽく紅潮した頬。うっすらと覗く谷間と、ぴったりとボディラインに沿ったタオル姿……。

もしこれが氷菓や陽だったら……恐らく俺はこの場で果てていただろう。色んな意味で。

そして一片の悔いなしと言葉を残し、死ぬ――（あるいは殺される）。

――だが。

「お兄ちゃんは残念ながら妹にセクシーさは求めていません」

「え～なんでさ！　何が足りないの！」

瑠花は眉を八の字にして、ブーブーと口を尖らせ、自分の胸を触って確かめる。

「足りないものだらけだろうが。だがいいんだ……瑠花は可愛い！　それだけの事実があれば十分じゃないか」

「お兄ちゃんのは身内びいきだよ……。どうせ贔屓《ひいき》するならセクシーだと言ってほしいんですけど」

「悪い、さすがの俺も嘘は言えな――」

瞬間、俺が言葉を言い切る前に瑠花の脚が俺の脛《すね》を蹴り飛ばす。

「――ってえ！　弁慶でも泣き出す人間の急所なんですけど!?」

「男の急所よりはましでしょ！　まったく、お兄ちゃんは女心がわかってないんだから」

「だいぶ理解してる方だと思うんだが……」

「どの口が言うの、どーのーくーちーがー！」

瑠花はイーッと口を開く。

「はあ。お兄ちゃんは一体いつになったらモテキがくるんでしょうか……」

「ま、俺には来ねえよ」

「えー……あ、でも陽さんとは良い感じなんじゃなかった!?　後そうだ、氷菓ちゃんの口からこの間久しぶりにお兄ちゃんの名前聞いたよ！　もしかしてちょっとは昔みたいな関係に戻って来た!?」

「そうか？　自覚はないけど……」

「きっとそうだよ！　……けど、さすがに陽さんとか氷菓ちゃんみたいな美人はお兄ちゃんなんて相手にしないか……私が一人で盛り上がってるだけかも」

酷くないですかね。あの日はあんなに姑ムーブしてたくせに。まあ事実だからわざわざ否定はしないけど。

「そんな顔しないでよ、冗談だよ冗談！　にぶいお兄ちゃんから見たら自覚なしかもだけど、私から見ると意外と……ふふふ」

「何言ってんだか」

俺は肩を竦める。

「ま、お兄ちゃんはもっと女心を理解しないとね～」

言いながら瑠花はもぞもぞと冷凍庫からアイスを出すと、ぺろぺろと舐めはじめ、どさっとソファに座る。

「おいおい、さすがに着替えたらどうだ？　バスタオル一枚は寒いだろ」

「お構いなく～ドラマ見ないと！」

瑠花は何の断りもなくピッとチャンネルを変える。

もう俺には興味がないようだ。

「……んじゃ俺はシャワー行ってくる」

「ひってぇらっはーい」

瑠花にノールックで見送られながら俺はバスルームへと向かうと、パパッとシャワーを浴び、疲れを流す。

湯船につかるのも好きなのだが、大抵平日は時間がないものだ。別になにか予定がある訳じゃないけど。

シャワーから上がると、洗濯機の上にいつの間にか瑠花の使い終わったバスタオルが放り投げられている。

俺のバスタオルがその下にあるんですが……と思いつつ、俺は溜息交じりにそれを洗濯機の中に入れ、下からバスタオルを救出する。

一通り拭き終えると、パンツ一丁で俺はリビングに仁王立つ。あんまり瑠花のこと言えないなこれ。

四月とは言え、お湯であったまるとなかなかに暑い。何か飲み物でも飲まないと脱水になってしまう。

「あっ」

と、俺はそこで瑠花がアイスを食べていたのを思いだす。

なんとおあつらえ向きだ。俺も食おうかな。

俺はワクワクで冷凍庫を開ける。中から冷気がブワッとあふれ出し、俺の身体を冷やす。はあ涼しい。

中には、冷凍食品に紛れてアイスの箱が一つ。

どれどれ……と、箱の中に手を伸ばす。しかし、いつまで探ってもアイスらしきものが出て来ない。

「あぁ?」

箱を冷凍庫から取り出し、上下に振ってみる。――なるほど、音がしない。

次に中を覗き込んでみると。

「……あいつ、最後の一個食いやがったか……」

俺は二階に上がると、瑠花の部屋をノックし、反応を待たずにドアを開ける。

「なあ、瑠花――」

「きゃあああ！　上裸で部屋入ってこないでよ！」

瑠花は椅子の上で体育座りをしており、俺の登場にびっくりしてぐるっと椅子ごと回転する。

「中までは入ってないけど」

「屁理屈はいいから！　それもう入ってるようなもんだし！」

「この間は勝手に俺の部屋に入ってきたくせに理不尽な」

「乙女の部屋はセキュリティとプライバシーが段違いなの！　で、何⁉」

瑠花は血走った目で俺に聞く。

結局俺の用事を聞いてくれるのだ、まったくいい子だな。

「これからコンビニ行くけど何かいるか？」

「コンビニぃ？　……あぁ、マンガのお供に何かお菓子欲しいかな」

「おいおい、お供ってこれから読むのか？」

チラッと時計を見ると、もう針は十時を指そうとしていた。

「明日休みだからいいでしょ～今日中に制覇するのだ！」

「そうっすか……じゃあ行ってくるわ」

「気を付けてねーお兄ちゃん」

「うい」

俺は部屋で服を着てパーカーを羽織ると、家を出る。

夜の涼しい風が軽く肌を撫でる。

明日は土曜日。陽たちと映画に行く約束をした日だ。誰かと遊びに行くなんてすごい久しぶりだな……。中学では……だめだ、記憶にない。本当入学したての頃に氷菓と遊んだくらいの記憶しかないな。

これが男友達ならまだもっと純粋に喜べたはずなんだが……両脇に美少女は周りの目が怖すぎる。楽しさと恐怖が同居してよくわからない感情が渦巻いている。果たして俺は映画を純粋に楽しめるのだろうか……。とにかく、一日無難に終わってくれるといいんだが……。

いや、あの二人が一緒の時点で、平穏に終わることはあり得ないか。

そうこうしているうちに、コンビニが見えてくる。暗闇の中に一つだけ神々しく輝いており、まるでオアシスを見つけたような安心感を覚える。

さて、何のアイス買おうかな――とコンビニへ向かって横断歩道を渡ろうとしたその時。

鼻歌交じりにルンルンとスキップする人影が目に入る。

それは、どこか見覚えのあるシルエットだった。

「ふんふっふーん、ふんふっふーん。あいっすーあいっすー」

そう言ってその人影は楽しそうにくるっとその場で一回転し、ぴょんと跳ねる。

瞬間……俺と目が合う。

「あっ」

「…………………」

それは、どう見ても氷菓だった。

パーカーを羽織り、その下には変な絵柄の描かれたTシャツ。

ショートパンツを穿き、身軽そうなサンダル姿。

氷菓はしばらく俺と目を合わせたまま固まっていると、不意にゆっくりと着ていたパーカーのフードを無言で目深に被る。

そして、そのままゆっくりとあらぬ方向へと歩き出す。

「おいおいおい、まてまてまて！　氷菓だろ!?　家逆じゃん」

俺は氷菓の腕を掴むと、僅かに震えているのがわかる。

「もう……死にたい……」

フードを掴んだままこっちを振り向いた氷菓の目は、コンビニの光に反射してウルウルと潤んでいた。

「いや、こんなことで死ぬ必要ないだろ……」

「いやだいやだいやだ!!　あーもうあんたにこんなところ見られるなんて……過去に戻りたい……」

「そんなくだらないことでタイムマシンを使うなよ……というか、小学校の時とか割とそんな感じだっただろ」

「成長したの私は……大人の女性に」

「大人ねえ……」

一体氷菓のイメージする大人の女性とはなんなのか。

「……奢れ」

「はあ？」

「お・ご・れ！　私は傷ついた、アイス奢れ」

「横暴な……俺何もしてないですよね？」

「見た罪」

「とうとう検挙率えぐそうな罪きた！」

「うるさーい！　なんで明日映画行くのにこんな時間に外出てんのさ！　早く寝てなきゃだめでしょ！」

「んな無茶な……めちゃくちゃブーメランじゃねえか……」

氷菓は顔を真っ赤にして今まで聞いたことないくらいに声を張り上げている。

よっぽど恥ずかしかったらしい。なんだかかわいそうになってきた。

「わかったわかった、悪かったよ俺が。アイス買ってやるから機嫌直せって」

「うん……」

怒ったことも恥ずかしくなってきたのか、氷菓は口を尖らせて下を向く。

不覚にも可愛いと思ってしまった。普段のあの氷の女王様っぷりを知っていると、余計に。

まさか、一人だとテンション上がって恥ずかしいことをしてしまうとは。あのスキップと鼻歌は、確かに人には見られたくないよな。

いや、けど氷菓ってもともとは一時のテンションでやらかしちゃうタイプだったか。最近はキャラづくりで頑張って抑えてるのかな。

一体誰のためにそんな大人ぶろうとしてるのやら。

とにかく、意外な氷菓の一面を見てしまったな。これはラッキーと思っておくか。アイス代くらい安い安い。

「ふっふー、まあ許してあげる。これで」

氷菓は手にミルクアイスを持ちながら、満足気に笑う。

「とりあえず一応……ありがと、奢ってくれて」

「……」

「何、その顔」

俺の唖然とした顔を見て氷菓が呟く。

「いや、氷菓ってお礼言えるんだと思って」

瞬間、氷菓の顔がゆがむ。

「あんた私をなんだと思ってんの」

「さあ……？」

はあ、と氷菓は溜息をつく。

「言えるに決まってるでしょうが。これだからやっぱあんたってやつは……」

氷菓は頭を抱えて首を振る。

え、何かまずいこと言ったか俺。

俺たちはしばらく黙って帰路を歩く。

やっぱり、まだ二人だけだと勢いなしじゃうまく会話は繋がらない。

友達はいらないとはいえ、普通に俺は沈黙が得意ではない。

とっさに、俺は適当な言葉を口にする。

「なんか、今日は月が綺麗だな。満月らしい」

「えっ――」

瞬間、氷菓がこちらを振り向く。

その目は、ハッと見開かれている。

「い、伊織それって……」

言われて、俺は氷菓が何を思ったかを瞬時に理解する。

月が綺麗って、あれかぁ――!!

「ち、ちが、いや単純に綺麗って思っただけ！　他意はない！」

慌てて弁解する俺に、氷菓はどうせそうだと思ってた、と肩を竦める。

「あんたがそんなロマンチックに成長してるわけないし。私がどれだけ言っても変わらないんだから」

「俺はいつまでもこんなもんだよ」

「あっそー」

そのまま氷菓が前、俺は後ろと一列縦隊の形で歩き、あっという間に俺たちの家につく。

氷菓はさっと自分の家の敷地に入ると、くるっとこちらを向く。

「じゃあね、伊織。明日、こんな成り行きで急に決まった映画だけど、一応楽しみにしてるからさ」

そう言って氷菓は手をヒラヒラと振って家へと入って行った。

「まあ、俺も結構楽しみではある――ってもういないし」

まさかあんな姿の氷菓を久しぶりに見れるとはな。一応は、明日のお出かけにテンションが上がっているってことなんだろうか。

そんなことを考えながら、俺も家の中へと入る。

こうして他愛もない時間が過ぎ、夜は更けていく。

◇　◇　◇

休日に出掛けるというのは、俺にとっては大冒険に近い。褒めて欲しいくらいだ。

しかも、今回ばかりは本当の意味で「大冒険」と呼んでも差し支えないかもしれない。

普段は家で適当なTシャツを着て、ぼさぼさの頭でスマホを眺めている訳だが、今日はさすがにしっかりとした服を着て行かなければならない。

もし相手がそこら辺の適当な男ならば、俺はそこまで困らなかっただろう。

だが、残念ながら今日はそんな、そんじょそこらの相手とは訳が違う。両脇には有無を言わさぬ美少女。

一人は高校デビューを果たしスクールカースト上位入りをしたクール美少女。

一人は転校初日から学校を騒がせた天真爛漫な陽気な美少女。

半端な格好で歩こうものなら、醜態を晒すだけじゃ済まない。

俺は平穏に暮らしたいんだ、目立つというのはそれだけで平穏を乱す。そして目立つというのは何も派手なだけではなく、浮いているというのも目立つのだ。

ただでさえ美少女に注目して色んな視線が突き刺さるのに、「あれ、真ん中の奴微妙じゃね……？」「なんであんなのと？」なんてひそひそされることは確実なのだ。せめて服装くらいは同じレベルとは言わないまでも、それなりに揃えないと本当に醜態をさらして終わってしまう。

だが、残念ながら俺のファッションセンスはそれほどある方ではない。

何せ人と出掛けることがないんだから、必然的に制服以外を着ることがない。

そのため、服を買うという習慣がなさすぎて、まったくタンスの中が更新されていないのだ。

昨夜透明な衣装ケースをひっくり返してせめて何かまともな清潔感のある服はないかと漁《あさ》ったが、出てくるのは中二病まっさかりで着ていたような髑髏《どくろ》のついたシャツや、謎にポケットの多いベスト。やたら硬いジーパンに、いつつけるんだよというような安物のシルバーアクセ……。

呪いたい……過去の自分を……。

当時はそれがかっこいいと思ってたんだよ！　中学生なんてみんなそんなもんだろ！

だがまあ、これが明らかにNGだということを理解出来るだけ、俺は成長したのかもしれない。

とりあえずいつ買ったかもわからない黒の無地のジャケット。この中に白Tシャツでも着れば、多少は見られる見た目になるだろう……多分。これで何とかなってくれ……。


「お兄ちゃんが……土曜日に外出……？」

寝癖をつけ、もこもこのピンクの寝巻きを着た瑠花は、シャカシャカと歯を磨きながら俺を見る。

その表情は、この世の終わりを見たかのようだった。

「映画だよ映画。この間言ったでしょ」

「あ～、あれか。思い出した思い出した。……それにしても、いつもより服が気合い入ってない？」

言われて、俺は小さく頷く。

「まあ……ある意味修羅場だからな」

「え、誰かと行くってこと!?」

瑠花は驚きのあまり声を張りあげる。

「端的に言えば」

「ひええ、お兄ちゃんが誰かと出かける!? 今日雪じゃない!? 天気予報、天気予報!!」

瑠花はバタバタと暴れ、窓から外を眺める。

「晴れだ……」

「バタバタと一人で何やってるんだ……」

俺は呆れて溜息をつく。

「だからさ、お兄ちゃんは今日夜まで帰れないから、一人で我慢してくれな?」

きっと寂しいだろうけどさ。

「別にお兄ちゃんがいなくても平気だけど……むしろ一人でパーティ出来るから嬉しいけど……」

「俺の留守の間に何をしでかす気だ」

「それより、一体誰と………あっ、まさか本当にこの間来た陽――」

「ああもう行かなきゃ! じゃあな! また夜に!」

「あ、誤魔化した! お兄ちゃん! ……もう、気を付けてね!」

危なく話を深堀されるところだった。この間の姑具合的に、氷菓もいるなんて話せばとんでもないこと言い出しかねないからな。

俺は寝起きの瑠花に見送られて家を出る。

俺はチラッと腕時計を見る。まだ九時半だ。

駅まで徒歩だが、歩いてもせいぜい十分程度。待ち合わせの十時まで後三十分あるから、余裕で間に合うな。

変に緊張したせいで早く起きたからこんなことになっているが……まあ遅刻するよりはいいだろう。そもそも、休みの日のこんな朝早くから外に出るなんて、かなり久しぶりだ。

いつもならたっぷり寝たいから夕方くらいの時間の映画を見るんだが、今日は氷菓たちにも付き合わないといけないから結果こんなに朝早くなってしまった。

なんか若干ソワソワするが……いや、俺の目的はそもそも映画だ。楽しまないと損だ。

俺は気合いを入れなおし、大きく深呼吸をする。

今日は長い一日になるぞ、と身体を奮い立たせる。

さて、行くとするか。

──と、その瞬間。隣の家の鍵をかける音が聞こえる。

ガチャリ、と鍵がかかり、遅れてコツコツと足音が聞こえる。

俺は釣られるようにそちらを向くと、塀から姿を現したのは、氷菓だった。

「「あ……」」

氷菓とガッチリと目が合う。

今日の氷菓はいつもとまったく印象が変わっていた。

少し大きめのジージャンを羽織り、その下にはTシャツ、頭にはニット帽を被っている。

しかも、髪型がいつもと違って襟足から三つ編みが生成されている。

下は太ももが露わになったショートパンツを穿いており、いつもとは雰囲気の違う服装に、俺は思わず見惚れる。

「おはよう……ってか、何見惚れてんの。やっと私の可愛さに気付いたってわけ？」

言われて、俺は慌てて我にかえる。

「は、はあ？　いや、別にそういうわけじゃ……ただいつもと格好が違うからびっくりして固まっただけというか……」

「へえ、そうなんだあ、へえ～」

しかし、氷菓はそんな俺の心を見透かすように、ニヤニヤと俺の顔を見てくる。

図星なのが本当にうざい…………くそ…………。

対して、今度は氷菓がじーっと俺の身体を上から下まで舐めるように見る。

「伊織は……かっ……ま、まあ無難だね」

少し言いにくそうに氷菓はそう口にする。

想定以上の評価に、俺は心底安堵する。

良かった、マジで良かった!!

「無難だよな？　良かったあ……。氷菓から貰う言葉としては最上級の褒め言葉だわ」

「私のことどれだけ辛口だと思ってんの……。ま、中学の頃のやばーい服でこられたらどうしようかと思ってたから、さすがにそれくらいは感性が変わっててくれて良かったわ」

「さすがにそれくらいは今の俺ならわかるっての。てか、俺の私服なんて殆ど見たことないだろ、一緒に遊んでないし。いつ見てたんだよ」

「いや、別に隣だから……嫌でも見えてただけだし」

言って、氷菓はふんと顔を背け、足早に俺の家の前を横切る。

しかし、すぐに立ち止まるとくるっとこちらを振り返る。

「……どうせ、一緒の方向なんだから、付いてきてもいいよ……？」

マジか!?　とでかかった言葉を、俺は何とか飲み込む。

ここで余計なことを言ったらもっと時間を食ってしまう。折角早く出たんだからむだに遅刻する可能性を上げなくてもいいだろ。

「そうさせてもらうわ」

俺は氷菓に続いて道へ出る。

氷菓からこんな言葉が聞けるとはな。陽の影響は思ったよりでかいのかもしれない。

しばらく無言で歩き、信号で止まると自然と横並びになる。

すると、氷菓が口を開く。

「ねえ、伊織」

「ん？」

「あの……き……昨日のは言わないでね、あの子には」

「昨日？」

俺は首を傾げる。

昨日ってなんだ？　なんかあったっけ。

すると、氷菓はムッと顔をしかめる。

「意地悪はやめてよ……だから……昨日の夜のやつだって。あの、見られたやつ……」

「あぁ、あの氷菓ステップのことか」

「変な名前つけないでよ！　ああもう！」

氷菓は本気で死にそうなほど悲しそうな顔をし、頬を赤く染める。

意外に可愛い反応だな……あれがよっぽど見られたくなかったらしい。あんな外でやっておいてよく言うぜという感じだけど。

けど、これで氷菓の弱点を一つ握ったぞ。どうせなら動画撮っておけば良かったな。

「悪い悪い、言わないよさすがに」

「本当？」

「本当本当。言ったところで別に俺にメリットないし」

言ったら後が怖いから、というのは黙っておこう。何されるかわかったもんじゃないからな。仮にこの手札を使うとしたら、俺が氷菓に殺される直前の命乞いの時とかかな。それか死なば諸共でぶち込む時くらいだ。

「……し、信じてるから」

そうして、信号が青に変わり、俺たちは駅へと向かう。

もう駅の輪郭が見え、まもなく集合場所へ到着しようとしていた。

「おはよ、伊織！　氷菓ちゃん！」

駅前で元気よく挨拶をしてきたのは、スカートに爽やかな丈の長い水色のシャツ、それに可愛いらしいポーチを身に着けた、割と女の子っぽい恰好をした美少女――雨夜陽だった。

「…………」

「もしもーし？」

陽は少し眉を八の字にし、反応のない俺の顔を前屈みに覗き込む。

やばい、あまりの清楚具合に一瞬固まってしまった。

学校とギャップすごいな?!

「お、おはよう……」

「おはよ！」

元気百倍の返事がくる。

「おはよ、陽は元気だね朝から」

氷菓は余裕そうに挨拶を返す。

「わー、氷菓ちゃん可愛い～！」

陽は小走りで氷菓に駆け寄り、胸の前で両手を握り合い嬉しそうに跳ねる。

「あ、ありがと……陽も清楚でいい感じ」

「へへ、ちょっとおしゃれしてみました」

側から見ると、なんて絵になる二人だと感心してしまう。

もし都心に行こうものなら、恐らくスカウトマンたちがパチンコ屋の開店前くらいの長蛇の列をつくることだろう。

この二人とこれからショッピングモールで買い物か……。俺はその事実に、思わずたじろぐ。

武者震いがしてきたぞ。なんかロケできた二人の美少女アイドルに絡まれる一般男性ファンとかと勘違いされそう!!

「二人で一緒にくるなんて仲いいね」

「たまたま会っただけ。家隣だし集合時間一緒なんだから、だいたい同じくらいにはなるでしょ」

まさしくその通りと俺は大きく頷く。

「まあそっか。……けど、氷菓ちゃんはわかるけど、伊織にしては早いんじゃない？　いつも遅刻ギリギリなのに」

「たまにはいいだろたまには」

するとと、氷菓がニヤニヤした顔で口を挟む。

「楽しみすぎて寝られなかったんでしょ？　こんな美少女二人とお出かけなんて、前世で一体どんな徳を積んだんだろうね？」

「やかましい、俺が楽しみなのは映画だ！　そっちのワクワクで早く目が覚めたんだよ」

「映画も楽しみだね！」

陽は満面の笑みで言う。

「あ、それより氷菓ちゃんさあ――」

二人は何やら楽しそうに会話を始める。

なんだか本当いつの間に仲良くなったのやら、氷菓と陽の雰囲気がかなり柔らかくなっている。

今日のイベントが終わったらいよいよ本当に仲良くなりそうだな。また俺がボッチに戻る日も遠くなさそうだ。

俺を挟んで交流する必要ももうないしな、恋のキューピットの御役ごめんってわけだ。

すると、陽があらためて俺に向き直り言う。

「あ、というか伊織の今日の服いいね、普段よりちょっと大人っぽい」

「そ、そうか？」

「うんうん、ジャケットとかやるねえ～」

そういって、俺の襟元を掴み、整える。

眼前に陽の顔が近づく。

だからこいつは……！

俺は思わず照れ臭くなり、つい視線を脇に逸らす。

すると、陽の肩越しに虚無な顔をした氷菓の姿が見え、俺は慌てて陽から距離を取る。

「あら？」

「じ、自分で出来るよ。てか、これしかまともな服がなかったんだよ」

「そうなんだ。けど似合ってる似合ってる、いいね！」

そう言って、陽はグッと親指を立てる。

一番無難なシンプルな黒いジャケットを選んできたが、どうやら正解だったらしい。これで下手に浮くことは無いと信じたい。

「……私も悪くないとは思ってたから、もちろん」

氷菓がうんうんと、大袈裟なほど大きく頷く。

「何を張り合ってるんだ……さっき無難って言ってただろ」

「別に……張り合ってないし」

「そ、そうか」

なんだ、俺をどっちが上手く褒められるか競争でもしてるのか？　やめてくれ、惨めになるから。

「ふふふ。ささ、買い物に行こう！　隣だからすぐだよ！」

「よく知ってるね、転校してきたのついこの間でしょ？」

「何回かこっち帰って来てから行ってるんだよ！　この間も行って……あ、その時屋上で会った――」

「待て待て！」

俺は慌てて陽の口を押さえる。

「んん!?」

「会った……？」

氷菓は怪訝な顔でこちらを見る。

俺は陽をぐっと引き寄せ、氷菓に聞こえないように小声で言う。

「それは黙っとけって！」

「なんで？」

「だから……あの例の話に発展しかねないだろ！　頼むからここは穏便に……」

それを聞いて、陽は「あぁ」と納得する。

「もう、心配性だなあ。わかったわかった、会ったことも内緒ね」

「頼むぜ」

やれやれ、心臓が縮むかと思った。

「何コソコソしてるのさ二人で」

氷菓は眉を顰め、じっと俺達を見つめる。

「まあまあ、と、とにかくほらーあの、ね？　出発しよう！」

誤魔化すの下手か！　どこまでも素直なんだなあこいつは。

「まあいいけど……」

「さ、電車がもうくるよ！　行こ行こ！」

陽が強引に先陣を切って駅へと入る。

切符を買い、改札を通って俺たちはホームに降り立つ。

休日はさすがにそこそこ人がいるな。

少しして電車が到着して、俺たちは乗り込む。

横一列に陽、俺、氷菓の順に座る。土曜で人が多いが、俺達が座れるだけのスペースは空いていた。

「んで……今日の予定はどうなってるんだ？」

「今日はね、まず着いたらお買い物して、十一時半に映画！　その後、お昼を食べます」

「へえ。昼は決まってるのか？」

「何個か候補はピックアップしてあるよ、任せて！」

陽はどんと胸を張る。

なんと手際の良い。

「準備してくれたんだ、ありがと。私なんもしてないね、ごめん」

氷菓が申し訳なさそうに言う。

「いいのいいの！　私が二人を誘ったんだから幹事みたいなものだよ！」

「そうだけど、一応参加者だし」

「ふふ、せっかくのお出かけだからね、楽しみだったんだ。転校してきて最初の友達とのお出かけだからね。しかも幼馴染の伊織まで！」

陽は満面の笑みでそう言い切る。

それを聞いて、俺と氷菓は顔を見合わせる。

確かに俺たちは最近までほとんど話さず、小言を言われるような関係だったけど。陽がここまで楽しみにしてくれてるんだ、今日ばかりは無礼講でもいいかもしれない。

俺たちが変な空気にしてしまったら、それこそ陽がかわいそうだ。

「そうだね、私も陽と知り合えて嬉しいよ。今日は楽しも！」

「だな。映画って目的はズレてないし、せっかくだからお前たちにもあの映画の素晴らしさを理解させてやるよ」

「楽しめるかな～お休みの時間になっちゃうかも。かなりのマイナー映画って話だし」

「言ったな!?　絶対泣くから！　シアターから出てくる時楽しみにしといてやるぜ」

「泣きません～」

「あはは、いいね！　楽しみ～！」

こうして、俺たちは電車にゆられ、ショッピングモールへの道中をそれなりに楽しんだ。しばらくして。目的の駅に着き、プラプラと歩き、ショッピングモールへとたどり着く。

「まずは買い物だな」

「そそ！　レッツゴー！」

この周辺で一番大きな施設だけあり、中には大勢の客がいた。さすが土曜日という感じだな。俺は既にこの人ごみに酔いそうになる。

「うっぷ……人ごみは慣れない……」

「ちょっと、人ごみで具合悪くならないでよだらしない」

「悪い……久しぶり過ぎて……」

「ひきこもってばっかりだからだよ」

氷菓は溜息をつきつつ、俺の背中を軽くさする。

今回ばかりは反論の余地がない。

「薬飲む？　一応酔い止めと頭痛薬ならあるけど……」

「いや、そこまでじゃないから大丈夫……ありがとな」

少しして、だいぶ人ごみに慣れてくる。

ちょっと緊張してたのもあったのかもしれない。

気が付けば人酔いなどは綺麗さっぱりどこかへと飛んでいった。

そうして、俺達は気を取り直して、陽を先頭にして中へと入っていく。

「今日は何買うんだ？」

「うーんとね、文房具でしょ、あと食器類と、小物も欲しいな～」

「めちゃくちゃ欲しがるな」

「引っ越してくる時にほとんど処分しちゃったんだよ、ミスった～」

陽はがっくりと肩を落とす。

「けど、今日は氷菓ちゃん一押しのお店だからね、めっちゃ楽しみ！」

「そこまで期待されるとちょっと自信なくなってくるけど……まあ、可愛いのいろいろあるから気に入ると思うよ」

「わーい！　じゃあ、まずは雑貨から！」

俺は氷菓と陽に付き従うようにくっついて後を追う。

氷菓と陽に周囲から向けられる熱を帯びた視線を感じつつ、気にしていない体で無視を決め込む。

「おいおい、めちゃくちゃ可愛い子たちいるんだが……!?」

「俺声掛けて来ようかな」

「今の子めっちゃ可愛いな、モデル?」

「え、モデルの人!? 撮影でもあるの!?」

老若男女問わず、そんな二人を称賛する声が至る所から聞こえてくる。

二人は言われ慣れているのか、まったく気にする様子もなく楽しそうに歩いている。

やっぱこんな美少女が二人で買い物してたら目立つよな……。だけど想像以上だな、マジですれ違う人殆どがこっちを振り向いている。

なるべく影になっておこう……今こそ普段の影の薄さを発揮するところだ。

少し歩いてやってきたのは、洋風な小物が多く揃う雑貨屋だ。

「うーん、あの家、物全然ないからなあ……植物とか置きたいし、棚とか小物も欲しいなあ」

「こんなのどう?」

「あー可愛い!」

二人は楽しそうに早速店内を物色する。

　俺は特に欲しいものはないから、二人が買い物を終えるのを店内で適当に見ながら待つことにした。

　そういえば、瑠花の部屋なんかにこういった可愛らしい小物がいくつかあったな。

　俺の部屋といえば、家庭用ゲーム機とゲーミングPC、いくつかの本や漫画、それにDVD。それ以外は、なんで買ったかまったく覚えていない健康グッズやパズルやら、とにかく衝動的に買ったものが雑多に並んでいる。

　観葉植物や間接照明、小洒落た収納なんかが置いてあればおしゃれな部屋になるんだろうが、あいにくと誰かが俺の部屋に来ることなんてあるわけ――……いや、そういえば陽のやつがアポなしで突撃してきたんだった。今後もないとはいえないな……。

　何ともこう言ったおしゃれな雰囲気の店には俺は場違いかとも思ったが、今後のために多少はどんなものがあるか見ておくか。

　ぼんやりと商品を眺めるが、まったく部屋に置いた時のイメージがわかない。

　こんな亀の形した小物入れとかどうやっておしゃれに使うんだよ。

　手に取った小物を元に戻し、俺はぐるっと店内を回る。棚に並べられた収納ケースのエリアを抜け、食器類のコーナーに差し掛かる。すると、ちょうどそこでは陽が真剣な眼差しで食器を見ていた。

　むむと額に皺を寄せながら、両手に持った皿を真剣に見比べている。

意外とちゃんと選ぶ気はあったようだ。てっきり遊びに行きたいだけの口実かと思ったが。

陽のことはそっとしておいて、俺は裏のコーナーに回る。

すると、誰かの独り言が聞こえてくる。おいおい、店内で独り言とはなかなかユニークな人がいるもんだな。

「あー可愛い……このままお家に連れて帰りたい……けど置く場所が……けど可愛い〜〜」

「…………」

そこには、胸くらいまでの高さはあろう大きさの巨大な猫のぬいぐるみを抱きしめる氷菓の姿があった。

お前かよ……！

「部屋にお迎えしたいなあ……本物の猫もいいけど、やっぱりぬいい――」

瞬間、氷菓の目が俺と合う。

こんなんばっかりだな、氷菓。誰かに見られるかもという心配はないのか、油断しすぎだろ。可愛らしい裏の顔を見せるな、油断させる気か俺を。

するとと、氷菓は猫のぬいぐるみで完全に自分を隠し、そして小さく一言。

「にゃー……」

「…………」

えっ、なにかわいっ。どうした急に、え、えー……。

完全にテンパって切り返しを間違えたのか、氷菓はぬいぐるみの陰から出ようとしない。

これは俺がそっと離れて何も見なかったことにしてあげないといけないパターンか？

「じゃ、じゃあ俺は別のものを――」

「にゃあああああああ!!」

「!?」

俺がその場を去ろうとするのを、氷菓は烈火のごとく止めに入る。

猫のような目でじとーっとこちらを見つめる。

「ちょ、ちょっと待ってよ……冗談じゃん。ちょっとは笑ってよ……まったく」

氷菓は少し恥ずかしそうに頬を赤らめる。

「わ、悪い悪い……」

冗談で貫けるレベル超えてるだろ……まあいいけどさ。

「ほ、本気でそんなことしてる訳ないじゃん。演技っていうか、本当ただの冗談だから」

「だ、だよな。店内でそんなことする女児がいるわけないもんな」

「そうそう」

言って氷菓はぬいぐるみを戻すと、すました顔でつかつかとこちらへと歩いてくる。まるで何事もなかったけど？　とでも言うように。今更遅いような気もするが、まあここは合わせておこう。

なんとも氷菓にしては珍しい姿だった。普通ならあの時点で見るなあ！　と叫びそうなものだが、まさか「にゃー」とパペットみたいなことをしてくるとは。

氷菓も何やかんや言って、買い物にきてテンションが上がってしまったんだろうか。最近の氷菓はクールで淡々としているイメージがついているが、俺とまだ仲が良かった中学の頃は、もっと感情表現も素直だった。

どっちが良いとかではないが、ちょっと昔の氷菓が見れたようで悪くない。

氷菓はコホンと咳ばらいをする。

「……伊織は何か暇そうだけど、見る物ない訳？」

「まあ、特に欲しいものもないし、グルグル見て回ってたよ」

「あんたの部屋、おしゃれと無縁だしね」

そう言って、氷菓はふふっと小さく笑う。

「どうせ誰も来ないから別にいいんだもんねえ、伊織は」

ここで自尊心を取り戻そうとしているのか、氷菓の顔は何とも不敵だった。

なのだが……。

「そう思ってたんだけどな……陽が来ただろ、この間」

「っ!?」

氷菓は驚愕の表情を浮かべ、口元を手で押さえる。

今後も来ないとは、もう言い切れなくなってしまったのだ。

「ま、別にあの陽ならおしゃれな部屋なんかにしなくてもいいんだけどな、興味ないだろうし」

「強敵だ……」

「何が？」

「あ、いや、こっちの話」

そう言って、氷菓はまた棚へと視線を戻す。

氷菓が見ている棚には、貯金箱が様々な種類置かれている。その中の一つ、宇宙飛行士の形をした物に俺は見覚えがあった。

「あ、これって……」

俺はそれを手に取ってみる。

氷菓は垂れる髪を払いながら、それを覗き込んでくる。

「わ、懐かしい。これあんたの家に前あったやつじゃない？」

そう、確か丁度こんなのが前俺の家にあった。

「似てる……けどちょっと違うな。俺の家にあったのはシリコンの柔らかいやつだったよ」

「よく覚えてるね」

「これで貯金してたからさ。お小遣いからちょっとずつ」

するとと、氷菓はポンと手を叩き、ぱーっと顔を輝かせる。

「あー懐かしい！　そうそう、私も手伝うって少し入れてた気がする」

「確か秘密基地を移転させるために部屋を借りようと思って金貯めてたんだったか」

「そうそう！　いやあ、子供とは言えバカだったよね〜。子供のお小遣いで部屋なんて借りられるわけないのに、必死に貯めてたよね」

「うわ、めっちゃ懐かしいな！　氷菓が言い出したんだよな、部屋借りようって」

「え、なに私だっけ!?　えーそうだったたっけ？　うわー恥ずかしい」

氷菓は恥ずかしそうに自分のニット帽を触る。

「わ、何か話が弾んでるね」

「「!?」」

不意に後ろから陽の声がして、俺達は慌てて振り返る。

ぎょっとした顔をした俺達を見て、陽はきょとんとする。

「あ、邪魔しちゃった？」

「そ、そんなことないよなあ!?」

「う、うんうん」

氷菓は完全同意という感じでブンブンと首を縦に振る。

あまり俺達の会話が弾んでいい感じのキャッチボールが出来るのなんて久しぶり過ぎたから、聞かれていたと思うと急に恥ずかしくなってきた。

「そう？　あ、ちょっと私これ買ってくるから」

そう言って陽は手に持った籠をちょいと上げる。

その中には、いくつかお買い上げを確約されている小物が並んでいた。

「良い感じの見つかった？」

「うん！　ちょっと行ってくるね」

そうして陽はレジへと向かっていった。

そんなこんなで雑貨屋での買い物を終え、その後文房具屋や書店、ＣＤショップなんかを見て回った。

◇　◇　◇

そして俺たちは何故か服屋へと来ていた。

「ええ、恥ずかしいってこんな短いの……」

「これを穿けば、好きな人を悩殺できちゃうかもよ？」

「え、でも……あ、ちょ、ちょっと陽！　そんな自分で着れるから！」

「まあまあ、ここをこうして……あれ、結構胸周りに余裕があるね……」

「きゃっ!?　そ、そこは触るな！」

「ごめんごめん」

「…………」

俺は何故か更衣室の前で待たされていた。

この薄布一枚の向こう側で、全世界の男子が羨む光景が広がっていると思うと、気が気ではなかった。何だか変な声も聞こえてくるし……。これは俺が周りに聞かれないようにガードするべきなんだろうか。

というか、何でこいつらは服屋に来ているんだ？　別に服を買うなんて当初の予定になかった気がするけど……。

入り口に置かれているマネキンを見て、わーこれ可愛い～！　とか陽が言い出して、じゃあ見よっかと氷菓も同意して気が付いたらこの状況だ。

まだ服を適当に眺めて終わりならわかるが、まさか試着までしようなんて。しかも、氷菓が微妙に抵抗するものだから、気が付けば二人同じ更衣室に入っていた。

俺なんて試着したこと一度もないぞ。

「せっかくついて来てくれてるからね。ファッションショー、嬉しいでしょ。特別だよ？」

そんな俺の思考を読み取ったのか、試着室の中から陽がそう俺に語り掛けてくる。

「そりゃ伊織にとっちゃ私の着替えなんて夢にまで見ただろうけど……こんなヒラヒラした服滅多に着ないんだけど!?」

「まあまあ……よし、良い感じ！」

「あぁもう……こんなの伊織に見られたら恥ずかしいって……キャラじゃないって言われるって」

「可愛いって！　伊織、行くよ～！」

「お、おぉ……」

変なドキドキ感に、思わず変な返事をしてしまう。

すると、シャッ！　と勢いよく目の前のカーテンが開けられる。

「じゃーん」

「うう……」

目の前には、二人の美少女が立っていた。

陽はノリノリでポージングを決めている。谷間が露わになり、身体のラインに沿ったタイトな服装。これは……ただエロい！

一方の氷菓は恥ずかしそうに片腕を押さえ、顔を僅かに背けている。試着している服は、確かに氷菓のイメージとは離れた、所謂地雷系ファッションに近いお嬢様っぽい服だ。

いや、確かに氷菓のクールなイメージとは離れているとはいえ……これはこれでめちゃくちゃ似合ってるじゃねえか。

「どう!?」

陽はぐいぐいと俺に近寄ってくる。

「うっ……」

やめろ、その服は刺激が強すぎる!! 谷間見えすぎだろ！ 胸を当ててるな！

「だ、いや……か、完璧……」

「やったー！」

陽は嬉しそうに飛び跳ねる。

「ねね、氷菓ちゃんは？ 私結構いけてると思うんだけど」

言われて、俺は改めて氷菓を見る。

「いや……ジロジロ見ないで……」

恥ずかしそうに氷菓は縮こまるが、やはりこの格好……普通にめっちゃ似合っている。

「なかなか……良いのでは？」

「えー、なんか感想がしょぼいね？ もっとほら、もう一声！」

陽はぐいっと氷菓を押して、俺に近づける。

「え、あぁ、いや……うーん、何というか、いつもと雰囲気違うけど……」

「けど……なによ」

不安そうな顔で氷菓がこちらを見る。

「まあ……なかなか似合ってる……かと。かなり」

「そ、そう？　ふうん……こういうのが良いんだ」

「いや、まあでもいつもの氷菓のも良いから、どっちかとかは」

「！」

氷菓はハッとしてカーッと顔を赤らめる。

なんだ、何か変なこと言ったか!?　誰か正解を教えてくれ！　こんなところ初心者が挑む場所じゃねえ！

「評判良いし買っちゃお！」

「え、いや私は――」

「いいからいいから！」

そうして、二人は予定にない服まで購入し、ご満悦といったところだった。

俺は何だかドッと疲れ、店の外の椅子に腰かけていた。

買い物って……疲れるんだな。

女子の体力のすごさを、少しだけ理解したのだった。

◇　◇　◇

「はあ!?　ホラーなの!?」

本日見る映画「イモータル・アーム２」の公式サイトのあらすじやＳＮＳで評判を見た氷菓が、不安そうにそう叫んだ。

その顔は青ざめている。

「まあ、ホラーって言うか、アクションというか……セットみたいな？」

俺たちは映画館に到着した。

周りの店とは違い、中は薄暗く、天井からつるされた液晶からは映画の予告映像がながされている。

ポップコーンの匂いが香り、否が応でもテンションが上がってくる。

この間来た時は平日ということもあってそれ程混んでいなかったが、今日はかなりの人がいて、売店やフードコーナーにも人が並んでいる。

「ホラーは私ちょっと……」

瞬間、予告映像を流しているモニターから、突然ドアップの幽霊が映し出され、物々しいＢＧＭが流れ始める。

「きゃぁぁぁ！」

氷菓は可愛らしい悲鳴を上げ、その場でぴょんと飛び上がる。

しかし、もう一人の美少女、陽は不意に俺の腕に抱き着いてくる。

「こわーい！」

「うおぉ!?　急になんだよ!?」

なに、何ですか!?　ご褒美ですか!?

「は、はあ!?　何やってんのこんなところで……!?」

「あはは、合法的に抱きつけちゃうでしょ、ホラーならさ」

「陽はホラー関係なしに結構伊織と距離近いし……古い知り合いだからって限度があるでしょ、限度が」

「氷菓ちゃんも甘えていいんだよ～？」

「わ、私はいいんだって、伊織に助けられるとか有り得ないから。……いいよ、ホラーだっけ？　全然任せて、私普通に最後まで見られるから」

「ええ、お前なんか強がってないか……？　別に、嫌なら他の映画でも俺は別に――」

しかし、氷菓は俺の言葉を遮るように食い気味に言う。

「大丈夫だから！　ホラーなんて、逆にビビらせるし、こっちからね」

「何言ってるかわからないが……氷菓が良いっていうなら良いけどさ。それより……わかったから、一旦離してくれんか陽さんよ。周りからの視線が痛いから」

俺はぐいっと陽を腕から退ける。

「あら？　伊織は恥ずかしがり屋だねえ」

昔のように接してとは言っても、さすがに成長したらいろいろとラインが変わるでしょうが……。

「まったく……もう少し恥じらいというか自分が女だという自覚を持てというか……」

「ふっふっふ、私が男じゃないってことを証明してあげようと思ってさ」

「今の陽を見て男だと思うやつなんていないって」

「何その話、気になるんだけど。男……？」

氷菓は眉を顰めてずいっと近寄る。

「まあ、いろいろと誤解やら何やらがあってだな……」

「ふふ、それはまたお昼に！　今は映画見ようよ！　ささ、レッツゴー！」

俺たちはスムーズに映画を見れるように、二手に分かれた。

陽はチケットを買いに行き、俺と氷菓はポップコーンや飲み物を買いにフードの列に並ぶ。

映画といえばやっぱりポップコーンだ。ナチョスなんかも結構好きだけど。

だが不思議なことに、家で映画を見る時はそう言ったものを食べようとはあんまり思ったことがない。映画館の魔力というやつか？

静かに列に並んで順番を待っていると、壁際で誰かを待っている男が目に入る。

茶髪パーマのイケメンだった。おいおい、彼女と映画館デートってか、羨ましいぜ。

だが、俺はそこでハッとする。

あれ、どこかで見た事あるような……。その瞬間、体育の時間がフラッシュバックする。

「あっ……」

「何、〝あっ〟って。私何かした？」

前に並んでスマホを見ていた氷菓が、少し不機嫌そうに振り返る。

「いや、じゃなくて……おい、あれって……お前の友達じゃね？」

「え？」

氷菓は俺が指さした方を見ると、「ゲッ」と言葉を漏らす。

「うっわ、瑛人じゃん……最悪……！」

氷菓はニット帽を掴み、グッと目深に被ると、響谷瑛人に背を向けるようにこちらを向く。

「まさか二人で並んでるところ見られた……？」

「いや、どうだろう……俺が先に気が付いたと思うけど……」

「瑛人いるってことは絶対健吾もいるじゃん……あいつにバレたら面倒臭すぎる」

「やっぱりあっちは面倒臭いか」

「そりゃもう」

あの体育の時を思い出す限り、氷菓の言っていることは同意できた。

それに、氷菓はようやくスクールカーストを上り詰めたというのに、俺と噂されるのは確かにかわいそうだ。俺だって氷菓の足を引っ張るのは本意ではない。

「ちょ、ちょっと隠して」

そう言って、氷菓は俺のジャケットの裾を掴むと、俺の後ろに隠れる。

しかし、パッと顔をあげると響谷瑛人と目が合う。

「あっ、やべ……目があっちゃった……」

「何やってんの!?　ああもう……完全にバレたこれ……」

俺と目が合った響谷瑛人は、驚いたように目を見開く。

うわーそりゃこの距離なら後ろの氷菓も見えますよねえ……。

そのイケメンはニコッとはにかむと、軽く俺たちに会釈してくる。とりあえず俺もぺこりと頭を下げ返す。

すると、すぐに響谷瑛人の横にお騒がせイケメンこと菅原健吾が跳ねるようにやってきた。

——あ、終わったわ。

しかし、響谷瑛人は菅原健吾の視線をうまくこちらへ向かせないように誘導する。

そして、そのまま背中を向けて映画館を後にしていった。

まさか、菅原健吾にバレたら面倒だから隠してくれたのか……？

しかし、響谷瑛人は去り際にこちらをちらっと振り返り、まるで「楽しんで」とでもいうようにスッと手をあげ軽く微笑む。

それはまるで、水入らずのところ悪かったな。とでも言いたげな表情だった。

「あれ、完全に勘違いしてるよな……？」

「本当最悪……瑛人は言いふらしたりはしないと思うけど……」

「ほ、本当か？」

わからない、と氷菓は肩を竦める。

「今はうまく健吾から隠してくれたけど、仮に漏れたら確実にあいつが広めるだろうし。私があんたと二人で映画行ってたなんて広まったら屈辱的すぎなんですけど……」

「いやいや、学年のアイドルと一緒に映画に行った陰キャがいるって、全校生徒敵に回す俺の方が悲惨ですが……俺の平穏が……」

「あ、アイドル……？」

「あっ……」

まずい、口が滑った。

直接は言わないようにしてたのに……。

すると、さっきまで不安そうな顔をしていたのに、俺の責められるウィークポイントを見つけたからか、ニヤニヤした顔で俺を見上げる。

「ふぅん、へえ……私のことアイドルって思ってたんだあ……」

「俺自身は思ってない！　周りがそう言ってるって話だ、マジで」

「へえ、そっかそっか。そうだよね、伊織が思ってるわけじゃないもんね？」

氷菓は後ろで腕を組み、そっぽを向く俺を下から見上げてくる。

「ああうっさい!!　ほら、順番来たぞ、買うぞ！」

「はいはい。ま、瑛人には何とか口止めしておくわ。多分あの人気遣いの鬼だから何とかなるだろうし」

「そうであってくれ……」

◇　◇　◇

「チケット買ってきたよ～……ってあれ、何か意気消沈してる？」

円形の椅子に座り、若干お疲れ気味の俺たちを見て陽が困惑する。

「まあ、さっきちょっとうちのクラスの連中がいてな……若干不安が残ってる」

「何の？」

「そういやそういうのは気にしないんだったなお前は……」

こういう心配と無縁なのが、陽という女だった。

「ま、今更どう足掻いてもしょうがないし。今日来ると決めた時から覚悟はしてたしさ」

そう言って氷菓は深々と溜息をつく。

俺だって平穏な日常が崩れるのはごめんだ。ただでさえ転校生の陽が俺と超親密という恐ろしい状況に、多少落ち着いてきたとはいえ周りの連中からいろいろと声を掛けられる事案が増えているというのに、これに加えて氷菓と二人で映画に行ってたなんて広まったらそれこそ大惨事だ。

この間氷菓に告白して玉砕した六組のなんとか君も、自分を振った相手が幼馴染とはいえ男とデートしてたなんて知ったら夜も寝れないだろうな。それはそれでちょっと面白いか。

「まあ、相手が伊織ならいいじゃん」

「まあ、他の人よりはね……」

「私だったら幼馴染なんだから伊織と二人で出かけちゃうけどな」

そう言いながら、陽は俺たちにチケットを渡す。

「お待ちかねの映画だよ、伊織」

「そうだった。このために今日は来たんだよ！　楽しむぞ！」

「なんか買い物の時より楽しそうでうざい」

氷菓はツーンとした顔で俺を見る。

「当たり前だろ俺のメインはこれなんだから」

氷菓は少し口を尖らせながら、チケットを見る。

「三番シアターね、時間もないしさっさと行こ」

「氷菓ちゃん、叫びそうだったら我慢しなくて良いからね？」

心配そうな言葉を口走るが、陽のその顔は別のことを考えている顔だった。

「その顔……私の叫び声が聞きたいだけでしょ」

「バレた？　いやあ、面白そうだからさ、氷菓ちゃんがどんな声出すか」

「絶対我慢するから、今日でホラーを克服してやる……！」

「いや、だからアクションとかもあるからそこまでホラー極振りしてないから……」

そんなことを話しながら、俺たちは三番シアターを目指す。

すると、前方からわらわらと人が溢れてくる。どうやら丁度何かの映画が終わったらしい。

「あ、『イモータル・アーム2』だ」

「あぁ、そういえば公開してたっけ。誰が見るんだろうな～こんなマイナー映画の続編」

「かなりガラガラらしいから、残念ながら爆死だね」

そんなクスクスと笑いながら話すカップルを横目に、俺達は三番シアターへと入っていく。

カップルの言う通りシアターはガラガラだった。公開してまだ一週間もたっていないとは思えない閑散っぷりだ。

「……陽、あなた貸切にでもしたわけ？」

「そ、そんなお金ないよ！　え～っと……この映画あんまり人気ではない感じ……？」

陽は少し苦い顔で言う。

「ま、まあ否定は出来ないけど……人の目を気にせず見れていいだろ？」

「だ、だね！　これならいくら怖くて叫んでも大丈夫だよ！　迷惑にならないと言うか、迷惑する人がそもそもいないというか……！」

そう言って、陽はグッと拳を胸の前で握る。なんて気を遣える子なんだ。

「ま、別に人が多いから見に来たわけじゃないし、私は気にしないけどね」

「そうだよね、見よ見よ！　ほら、伊織も席に行くよ！」

俺は陽たちに引っ張られ、席へと向かう。

陽が取ってくれた席は中央から少し後ろの真ん中あたりで、めちゃくちゃ見やすい位置だった。ここなら存分に楽しめそうだ。

自分たちの座る列を見つけ、座席まで進む。

すると、奥から陽が座り、必然的に俺が真ん中になる。

「あれ……俺が真ん中？」

「はあ？　なんで私がこいつの左隣なわけ？　集中して見られないじゃん。真ん中が陽にしてよ」

ホラーでビビっているのを俺に見られるのが恥ずかしいんだな。さっきのぬいぐるみといい、昨日のステップといい、ちょっと氷菓のギャップに触れまくっているからな。ホラーでまで醜態を晒すのは、氷菓のプライドが許さないんだろう。

「俺はまあ、この列ならどこの席でも良いけど」

「えーいいのかなあ、氷菓ちゃん」

「何が……？」

陽は目を細め、声を震わせて言う。

「ホラーだよ～？」

「だ、だから何さ……」

「ここはホラーに勝つために一つくらいはプライドを捨ててさ。やっぱり男の人が近い方がさすがに心強いでしょ？　私も怖いからさあ、魔除けのトーテムポールだと思って真ん中に置いておこうよ」

「ひどい言われようだな」

だがまあ、男として扱われるのはそんなに悪い気分じゃないな。

氷菓は眉間にしわを寄せ、うんうんと少し唸りながら考える。

「……わかった。まあ、伊織もなんだかんだ言って怖いだろうし？　優しさで真ん中にしてあげる」

やっぱ怖いんだな……。

「はいはい、二人で挟んでもらえると助かりますよー」

「挟むとか……変態」

「なんで!?　思考が飛躍しすぎだろ!?」

警戒心が強すぎて俺の先行っちゃってるよこの子。

「ん、どういうこと？」

陽が不思議そうに首を傾げる。

「……何でもないよ。陽は綺麗なままでいてくれ」

「綺麗？　ありがとう……？」

「天然って恐ろしい……まあいいや、落ち着いて楽しも」

「ワクワクだね！」

俺たちは席に座り、お互いに飲み物を回す。

「ふぅう……ほい、陽。メロンソーダ」

「ありがとう！」

「氷菓はコーラな」

「ありがと」

「あとこのポップコーンは……さすがに真ん中の俺が持ってた方がいいか」

「そうだね、ごめんけどよろしくね？」

陽は軽く頭を下げる。

そうこうしているうちに、映像がＣＭから本編へと切り替わっていく。

音響が立体感のある音を出し始め、映像が仄暗くなる。

「始まるみたいだね。楽しみ」

そしてようやく、映画が始まる。

霊能力を持った人間のホラーバトルアクションだ。

話が順調に進むにつれ、左右からポップコーンを取る手が伸びる。

スクリーンから目を離さずに、陽が右手をポップコーンの入れ物を探すように伸ばしてくる。

その手が俺の手に軽く触れる。

「ごめん！　見えなかった」

陽は小声でそう言う。

「い、いいよ……ほら、食えよ」

俺はポップコーンを取りやすいように陽の方に傾ける。

「ありがと」

……ふう。なんか少しドキッとしたな……これが暗闇の効果か。

暗闇って恐ろしいわ。変な気分になる。いかんいかん、映画に集中せねば。

一瞬映画の音が静かになり、次の瞬間。

『ギャアアアアア!!!!』

スクリーン上で女の霊がドアップで映し出される。

「きゃあああ!!!」

声と同時に、俺の右腕に柔らかい感触が走る。

「ひょ、氷菓さん……!?　掴んでるの僕の腕なんですけど……!!」

俺は少し上ずった声で言う。

「うるさい……！　す、少しだけ掴ませてよ、この椅子なんか……肘掛けが低いの！」

「……いいけど……」

氷菓の目はびっくりしすぎたせいか僅かに潤んでいる。

氷菓にも怖いものがあったか。

「きゃ～こわーい」

次は左からメチャクチャな棒読みの声がする。そして同時に、ガシッと左腕を掴まれ、むにゅっと何かが当たる。

左右からの天国のような状況に俺は映画どころではなくなってしまう。

おいおいおい……マジで映画に集中できん！　これを意識せず映画を完走できる人間がいるんですかね!?

「――な、なんすか陽さんまで……」

「怖くて、てへ」

陽はぺろっと舌を出す。

その仕草ってそんな可愛いんだ、知らなかったわ。

「……嘘つけ。芸能人の声優初挑戦も真っ青の棒読みだったぞ……」

「ええ、信じてよ～」

そう言って、陽は俺の指と指の間に自分の指を滑り込ませてくる。いわゆる恋人繋ぎだ。

俺の心臓はドキッと跳ね上がる。

「え、いやちょ……」

俺は完全に動揺して、目が泳ぐ。

その俺の反応を見てか、陽はニヤッと口角を上げる。

「あはは、なーんてね」

そう言って、陽は手をパッと俺の手のひらから離す。

「か、勘弁してくれ……心臓が持たん……」

いろんな意味で……。

「いやあ、反対側が楽しそうだったから、私もやってみようと思って」

「はあ!? も、もういい、大丈夫……！」

そう言って氷菓はバッと俺から離れると、ものすごーい薄目でスクリーンを見る。

怖いなら律儀に目を細めてまで見なくても目を逸らせばいいのに……。

「あらら、楽しそうだったから交ざったのに」

「そりゃそんな風に言ったら逆効果だろ……」

そうして、ようやくまた静けさを取り戻す。

まったく、小声だったとは言えガラガラで良かったな……。

そんな一波乱があった後は、二人とも映画に集中したようで、俺もしっかりと映画に集中し始める。

そうして、映画は進んで行き二時間近くが経ち、物語が終わりを迎えるとエンドロールが流れ始める。

俺たちはエンドロールを最後まで眺め（恐らく氷菓は暗いうちは怖くて立てないだけだろうが……）、劇場が明るくなると同時に席を立った。

氷菓は涙目だったのか、しばらくの間頑なに俺たちの方を見ようとしなかった。

◇　◇　◇

「はあ、まあ普通だったかな、怖さは」

そう言って氷菓はパスタをパクパクと口に運ぶ。

ランチはショッピングモール内にあるレストランが並ぶエリアで、陽が選んだイタリアンとなった。

こんなところに一人で来ることとなんてあるわけがなく、俺は巨大な皿に比例して真ん中にちょこんと載せられたパスタに衝撃を覚えたわけだが……確かに味は家で作るようなレトルトのパスタとは比べ物にならないくらい美味い。

「相当ビビってた気がするけど」

言うと、じろりと氷菓の冷たい視線が俺の眉間を貫く。

それ以上言うな、と言っているようだ。

「だいたい、音とドアップでホラーを演出するのって安直というか、ただのびっくり箱的な驚きじゃない？　誰でもびっくりするでしょ」

「言いたいことはわかるけど……まあアクション映画でもあるからしょうがないというか」

「それが気に食わないっていうか、ビビらせようって魂胆が見え見えでしょ」

「それでビビってるんだもんなあ、策にハマってるんじゃないの」

「むっ……ビビってないし」

氷菓はご立腹の様子でぷんぷんと頬を膨らませる。

まあ、口ではこうは言っているが、結局はそれも含めて楽しんでいるのだ。

その証拠に、いつもみたいに目がアイスのように冷ややかではない。

「……まあでも、映画自体は結構楽しかったかな。気味悪かったけど」

「そうだな、途中でいきなり俺の腕に掴ま――」

「伊織君、映画中……何かあった？」

瞬間、ギロリと氷菓の視線が俺に突き刺さる。

それは言うなと、無言の圧力が尋常じゃない。怖い、やっぱり怖いよこの人。

「な、何でもないです……」

「もう、伊織は昔から女の子に対してデリカシーないよねえ。ねえ？」

と陽は氷菓に聞くと、本当その通り、と氷菓も同意する。

「陽は認識相違があったんだから昔のはノーカンだろ」

男だと思ってた頃までカウントされたらさすがに俺が不憫すぎる。

「えーじゃあ一緒にお風呂入ったのもノーカン？」

瞬間、カラン！　と金属音が鳴り響く。

音のする方を振り返ると、氷菓が唖然とした表情で手に持っていたスプーンを皿の上に落としていた。

「あっ……」

「え、はっ……なに……一緒にお風呂……？　はあ？」

その目は完全に殺意がこもっていた。

「いや、誤解！　誤解だから！」

「何誤解って……いや、何……やっぱりあんた達……も、元カレ元カノの……」

今にも泣き出しそうな氷菓に、俺は慌てて陽との出会いから、どんな関係だったかを大雑把に説明する。

すると、最後まで聞いた氷菓はワナワナと震えて叫ぶ。

「――こんな美少女を男と間違う訳ないでしょ！　あんたの目は節穴か！」

「面目ない……」

いや本当、その点に関してはマジで俺も同意見なんだわ。まさかこんな美人の基だったとは……。

あの頃の俺はきっとどうかしていたのだ。ただ遊ぶのが楽しくて気にしなかったというのもある。

「まあ、それだけ私達は仲の良い幼馴染だったんだよね」

ね？　と陽は俺の方を見てそう問いかける。

「自分で言うかあ？」

「だってその時のお陰で、こうして今があるわけだからね。この街に戻ると決まった時、転校先に伊織がいる高校選んでさ。私って健気かも」

「そりゃまあ、そうだけどさ」

正直俺にそこまでの価値があるのかと言われれば、俺自身がノーと言ってしまいそうだ。いずれ陽も、何て無駄な時間過ごしてたんだろ、なんて思うようにならないといいけど。

「ね、私とまた仲良くしてくれて二週間近く経つけど、どんな感じ？」

「どんな感じねえ……」

今ではほぼ毎日のように昼を一緒に食べ、休み時間も話したりしている。

もちろん周りからの視線だったり、変な勘違いは後を絶たないけど、それでも、まあこんな感じも悪くないかなと思い始めている自分がいるのも事実だった。

完全に認めるのはちょっと癪《しゃく》だけど、少なくともマイナスに思うようなことはなくなった気がする。

「まあ、悪くはないかな。退屈はしないし」

「やったー！　嬉しいな」

そう言って陽はニコニコと満面の笑みを浮かべる。

こんな美少女にこんな顔を向けてもらえるなんて、俺が幼馴染じゃなかったら絶対に無理だったな。今のうちに拝んでおこう。

どうせこいつらはモテモテなんだから、そのうち彼氏と用事あるからとか言ってフェードアウトしていくだろうし。

それまでの短い間を、日常のスパイスとして楽しんでおくのは悪くないかもしれない。

すると、氷菓がもじもじした様子で声を上げる。

「わ、私は……？」

「ん？」

「ほら、私だって幼馴染だし……どう？　最近ほら、なんか変わったと思わない？」

どう……か。

確かに少し前までは小言を言ってくる氷の女王という感じだったけど、ここ最近は陽の影響もあってか、その影は薄くなっているような気もする。

「うーん、まあ最近はちょっと前に比べると話しやすくなったかな……とは思うよ」

「でしょ？　まあ幼馴染だからさ、私たちも」

「幼馴染ってほど交流まったくなかったけどな、中学以来」

「そんなことないでしょ。あんたが道を間違わないように、ちゃんといろいろと指摘してあげてたじゃん。まったく、感謝して欲しいくらいなんだけど、そこに関しては」

　言いながら、氷菓は頼んでいたアイスティーをごくりと飲む。

「感謝って言われてもなあ」

「そうでしょ。だってほら、徹夜だってダメとか言ってあげられるの私だけだし、私が何か言ってあげないとずっと教室で一人だし、今後の学校生活を思っていろいろと言ってあげているわけ。言いたくて言ってたわけじゃないんだから」

　やれやれ、と氷菓は肩を竦める。

「いやいや、俺が一人でいるところを狙って小言を言いにきてただろ。絶対ストレス発散とか、良いサンドバッグとか思ってたんじゃないの？」

　すると、氷菓はちょっとムッとした顔をする。

「はあ？　何それ……私は伊織のためを思って言ってあげてたんだけど。幼馴染の私しかあんたの性根の部分なんてわからないんだから。こうまでしてくれる女の子なんて普通いないんだから、感謝してよ」

まったく、と氷菓は呆れるように肩を竦める。

「おいおい、小言に感謝して欲しいって……。いいか、幼馴染ってのは陽みたいなことを言うんだよ」

「ちょ、ちょっと伊織そういうのは……」

いやいや、ちょうど良い機会だ。せっかく距離も縮まりかけてるんだし、一回聞いてみるのも悪くない。

「どう言う意味……」

「陽みたいに友達のように仲良く接してくれて、時には引っ張ってくれるから幼馴染だなって感じるんだよ。氷菓のはあれだろ、自分がスクールカースト上位になったから、下位でうだつの上がらない生活している俺を見下して楽しんでたんだろ？」

「ち、違うし。私は自分が上とかそんなこと思ったことない……」

「確かに努力して可愛くなって、クラスの中心になったのはすごいけどさ、まあ俺みたいにそもそも限界値が決まってる人間もいるんだよ。静かに暮らしたいわけ」

氷菓は悲しそうな顔をし、俯いてしまう。

「そりゃ、全然中学から成長しないやつ、関わりたくなくなるなって自分でも思うけどさ。せっかく上位になれたのに、そんなとこ友達に見られたら恥ずかしいだろうしな」

「違うって……」

氷菓はポツリと呟く。

「私が……努力したのは別に……みんなから認められたかった訳じゃなくて……ただ……ただ伊織に……」

「何？」

お、ここでパンチが返ってくるか？　氷菓のツンツンした氷の棘は、致命傷与えてくるからな。ちょっと氷菓が話しやすくなったから、つい余計なことまで言っちゃったけど、まあそれでおあいこだろう。

――しかし、氷菓が少し顔を上げた時。

冷笑でもない、自信あり気でもない、勝ち誇るでもない。

いつもの毅然とした表情はどこにもない。どんよりと霧がかったような、今まで見た事のない表情を浮かべていた。

「もういい……ごちそうさま」

小さくそう呟き、氷菓は静かに立ち上がると、お金だけおいて席を立つ。

「えーっと……氷菓さん？　いつものツンツンは……」

しかし、氷菓は俺の言葉を聞こうとしない。

止めないとまずいと思い、俺は咄嗟に氷菓の腕を掴もうとする。

しかし、氷菓はそんなもの気にも留めず強引に振りほどくと、店から出ていく。

まずいことを言ってしまったかもしれないと、俺の心臓がうるさいくらいドクドクと脈打ち、そしてさーっと全身の熱が引いていく。

氷菓はあっという間に視界から消えてしまった。

「氷菓……なんだよあいつ……いきなり……なあ？」

せめてもの助けを求めて、陽に同意を求めるように問う。しかし。

「伊織……さすがに言い過ぎだよ……」

「…………」

そうして、楽しかったランチは思いもよらない形で瓦解した。

第四章　本音と本音

さっきまでなんとなく楽しかった雰囲気が、まるで嘘だったかのような沈黙。

一人欠けたテーブルは、さっきまでとはまるで別物だった。

俺と陽は神妙な面持ちで、お互い氷菓の去っていった方を見つめる。

対照的に、周りの客達は何事もなくガヤガヤと食事を続けているが、俺にはそれがどこか違う世界のように感じられた。

決定的に何かを間違った気がした。

「言い過ぎって……そ、そうかあ？　急に用事でも思い出したんじゃないの？」

自分の放った言葉によって、相手が……氷菓が何かを感じ取ってこの場を去ってしまったという事実が、どうにも俺には受け入れがたかった。

怒ったのはわかるけど、帰る必要はないだろ……。

いや、あの去り際の顔を見るにあれは怒りではなく、悲しみか。

いつもみたいに小言でもなんでも言えば良いのに。なんで急に……。

「伊織……」

「……何だよその目は」

陽は眉間に皺をよせ、珍しく怒りを露わにする。

「なんであんなこと言っちゃったの？　あんなこと言われて氷菓ちゃんが笑って返事する訳ないでしょ？」

口調はいつも通りだが、語気が強くなっている。

陽がこんな風に怒りを露わにするのを見るのは初めてだ。

しかし、俺にだって言い分はある。

「確かに言うタイミングじゃなかったし、言葉も悪かったことは認めるけど……実際に氷菓がそう思ってるかもしれなかっただろ……？」

「仮にそうだとして、それを直接言う必要はなに？　いつも正論を言われて受け流してたのは伊織じゃないの？　そういう言葉に対しての気持ちは一番伊織がわかってるんじゃない？」

「…………」

何も言い返せない。確かに陽の言う通りだった。

少なくとも、俺は氷菓があんな寂しそうな顔でこの場を去るのを見たいとは思っていなかった。

「それに……氷菓ちゃんとはまだほんの少しの付き合いでしかないけどさ」

と、陽は続ける。

「伊織と氷菓ちゃんが今までどういう風に関わって来たかは私にはわからないけど、少なくとも私からは氷菓ちゃんがそんな風に伊織のことを思ってるとは思えないよ」

「そりゃ……確かに直接聞いたりした訳じゃないけどさ。状況証拠というか……。むしろなんであんな風にショック受けてるのかさっぱりというか……」

だってそうだろ。中学の途中までは仲良くしていたのに、突然あんな風にツンツンになって、その理由も聞かされてないんだ。

ポジティブな理由だなんて思えるわけがない。

すると、陽の顔が険しくなる。

「……本気でそう思ってる？」

「…………」

「本当は伊織もわかってるんでしょ？　勢いで言っちゃって、引っ込みつかなくなってるだけじゃないの？」

「それは……」

陽の言葉が、ぐさりと突き刺さる。

さっきから、自分の発言を正当化させるために必死に何かを考えていた。

それが正しいことではないと、薄々自分でも気が付いていた。

「氷菓ちゃんも楽しくなっていろいろと言っちゃったかもしれないけど、それに対して氷菓ちゃんを否定したり他と比較するようなことを言ったら……そりゃダメだよ。大切な幼馴染でしょ？」

「幼馴染……」

ここまできて、それを否定することはできなかった。

最近の氷菓は、陽の影響もあってかまるで中学の頃のような瞬間を感じることがあった。

それもあって、つい口を滑らせてしまった。

俺の中に僅かにあった疑念を、冗談交じりに言ってしまった。

テンションが上がってライン越えるとか、客観視なんてあったもんじゃない。

俺は全然成長できてなかった……てことなのかな。

すると、陽は静かに話し始める。

「……私、この街から突然引っ越すことになって……伊織と離れ離れになってすごい寂しかった。前日までずっと一緒に遊んでたのに、急に会えなくなるんだよ？　そんなの悲しいじゃん」

「陽……」

あれだけ毎日遊んでたんだ。俺だって寂しくない訳じゃなかった。

けど、あの明るい陽がそこまでだとは思っていなかった。

陽はいつも前向きで明るくて、どこでも一人でやっていける奴だと思っていた。

これも、氷菓に対してそう決めつけているのと同じなのだろうか。

俺は、氷菓のことをちゃんと知ろうとしてなかったのか？

「二人はさ、私と違ってずっと一緒にいた訳じゃん。だから、あんな気持ちを氷菓ちゃんに味合わせたくないっていうか……出来ればずっと仲良くいて欲しい」

「そんなこと言っても、俺達もずっと一緒にいた訳じゃないし……陽だって知ってるだろ？　氷菓がいろいろと俺に小言を言ってるのをさ」

「確かに氷菓ちゃんも言葉とか態度で、伊織に対して悪いところが無かったとは言わないよ？　でもさ、こうして二人が高校生になっても関わりがあるのって、氷菓ちゃんが声をかけ続けてくれてたからじゃないの？　そうは思わない？」

「！　それは……」

そうかもしれない――俺は陽の言葉にハッとする。

「氷菓ちゃんはそう言うの得意じゃなさそうだから何も言わないけど……氷菓ちゃんも伊織と離れたくなかったんじゃないの？」

「………」

何で今までその考えに至らなかったのか。俺は、何かを怖がっていたのか？

氷菓が俺を無視するようになった後、しばらく俺たちは直接話さなくなってしまった。

それでも、再び話すきっかけを作ってくれたのは、確かに氷菓からだった。

そのおかげで、俺は氷菓との間にまだ関係性の糸があると思えたんだ。

もし本当に氷菓が俺のことを見下していて、一緒にいるところを見られたくないからなんて理由で関わりたくないと思ったのなら。氷菓が小言を言ってまで俺に接触してくるはずがないなんてことは、ちょっと考えればわかることだったのに。

「氷菓ちゃんの気持ち、私ならわかるよ。……伊織だって、本当に氷菓ちゃんを悲しませようとしたわけじゃないんでしょ？　このままじゃ、本当に今度こそ氷菓ちゃん離れていっちゃうよ？　伊織は……いいの、それで!?」

そんなの、答えは決まっている。

「良い訳ない……。俺だって……氷菓が少しずつ昔みたいな反応を見せてくれるようになって、嬉しかったんだ。自分のせいで……繋がりを断ちたくない」

ようやく、陽に導かれ俺は自分の本音を口にする。

なんだかんだ言っても、やっぱり俺たちは幼馴染なんだ。

「だったら……今度は伊織の番じゃない？　駄目だよ、こんなことで幼馴染と離れ離れになったら。きっと氷菓ちゃんも伊織も、私みたいに悲しくなっちゃうよ。そんなの私は嫌だな」

陽は眉を顰め、悲しそうな表情をする。

自分の子供じみた行為が招いてしまった事態。それでも、それを解決できるのも、自分だけだ。怖がってちゃいけない。

許してくれるかわからないけど、今はただ誠実に謝るしかない。

「そうだよな……。ごめん、陽！　俺が間違ってた……！」

俺は陽に頭を下げる。

「伊織！　……でも、謝る相手は私じゃないでしょ？」

「あぁ。……ありがとう、俺大事なことに気付いてなかった。俺、氷菓に謝ってくるよ」

すると、陽はようやく少しだけニコッと笑う。

「伊織なら自分でそう決断するってわかってたよ。それでこそ伊織だよ！　誰かを悲しませる伊織なんて、私見たくないからさ」

氷菓のツンツンした態度に、俺が勝手に想像で理由をつけて、氷菓の努力を嘲笑うようなことを言ってしまった。

陽の言う通り、ここで氷菓と本当に離れ離れになってしまったら、俺はきっと後悔してしまうだろう。

今までみたいに怖がって受け流しているだけじゃ駄目なんだ。

「陽がいなかったら、意地張って素直になれなかったかも……ありがとう。自分が悪いのに意地張ってたら、かっこ悪いよな」

「そうだよ、まったく。しょうがないなあ、伊織は！　頑張って行って、ちゃんと怒られてこい！」

そう言って、陽はポンと俺の背中を叩く。

「ありがとう。謝って、話し合って……ちゃんと幼馴染として戻ってくるよ」

俺の考えていた答えは、俺が都合よく想像したものでしかなかった。

なら、氷菓の本当の気持ちは？　それを話し合えれば、きっと俺達の関係も以前のように修復できるはずだ。

今がターニングポイントだ。後で振り返った時、きっとあの時謝って、話し合って良かったと思える時が来るはずだ。

すると、陽がぼんやりと店の外を見ながら言う。

「……氷菓ちゃんって結構物怖じしない性格だよね。かっこいいって感じ」

「ん？　まあそうかもな」

「私、転校生だからなのか、最初は皆から距離があって……。男の子は話しかけに来てくれるけど、女子は殆ど話してくれなくて」

陽のこの感じならいろんな人ともう仲良くなっていると思ったけど、そう単純ではなかったらしい。

「でも氷菓ちゃんは私と友達になってくれた初めての女の子だから。……まあ殆ど強引にだけどね、えへへ」

「氷菓も満更じゃない様子だったけどな」

「そうだといいな。私も、氷菓ちゃんとはもっと仲良くなりたいからさ。そのためには、伊織も必要なんだから、ちゃんと仲直りしてよね」

俺は静かに頷く。

自分で蒔いた種だ、ちゃんとけじめを付けてこよう。

「じゃあ、ちょっと行ってくる。最低な俺だけど、許してもらえるように」

「うん、行ってらっしゃい。いい報告待ってるね」

そうして、俺は氷菓を追って店を出た。

◇◇◇

『ピーンポーン。ピーンポーン』

氷菓の家のチャイムを鳴らすが、誰か出てくる様子はない。

まだ帰っていないのか、それとも居留守なのか……。

氷菓の部屋の窓を外から見てみたが、カーテンが締まっていて中の様子はわからなかった。

それにしても、ここにくるのも懐かしいな。小さい頃はよくこうして氷菓を誘いにきたっけ。

今はこの門の先に入ることとなんてなくなってしまった。

もう一度チャイムを鳴らしてみるが、反応がない。ここで粘っても仕方がないし、他のところを探すか——と踵を返そうとしたその時。ガチャリと玄関の扉が開く。

「ごめんなさい遅くなって。どちら様……って、あら、伊織君⁉」

出てきたのは、氷菓のお母さんだった。

四十代とは思えないプロポーションで、顔はかなり氷菓に似て美人だが……体型は氷菓に遺伝しなかったようだ。

「ど、どうも……」

久しぶりに見たな、氷菓のお母さん。

たまに見かけることはあったけど、最近では話す機会がほぼゼロだった。

「いやあ、久しぶりねえ！　最近めっきりうちに遊びにこなくなっちゃって……心配してたのよ」

氷菓のお母さんは眉をひそめて言う。

「すみません。ちょっとまあ……あんまり機会がなくて」

「そう。けど、元気そうで良かったわ。瑠花ちゃんも元気？」

はい、と俺は頷く。

「それは良かった。二人とも私にとっては氷菓の兄妹みたいなものだから。ちょっと寂しかったけど、元気ならそれで良いわ。……あっと、ごめんなさい。何か用だったのよね？」

「あ、その……氷菓って今います？」

「氷菓？　あぁ、なんか友達と買い物に行くって朝早く出てそれっきりだけど……」

やっぱり帰っていないのか……。

てことはあのままどっかに寄ったのか？　でもどこに……。

「何かあった？」

「あ、いえ。ちょっと学校のことでお話があっただけで……」

「あら、また仲良くしてくれるようになったの!?」

氷菓のお母さんは両手を合わせて嬉しそうに声を張り上げる。

「嬉しいわあ、うちの子も思春期なのかそういうのめっきり話してくれなくなっちゃってね。けど、嫌いにならないでね？　あの子もあの子でいろいろ考えがあるみたいだから」

氷菓のお母さんは、優しく俺に微笑みかける。

「……はい。それは、俺もわかってきた気がします」

中学の最初の頃まで一緒に遊んでたんだ。あの頃の氷菓っぽいところはほとんど消えたとしても、その根っこにある性格がそう簡単に消えるわけないんだから。

小学校の頃もよくこうやって、氷菓の家に来てはお母さんが出て、そして氷菓を呼んでくれたっけ。それで、公園とか学校の校庭とか後は――……と、そこで今まで忘れていたとある場所の光景がフッと思い出される。

「そうだ……あそこだ」

俺はポツリと呟く。

「ん？　どうかした？」

「す、すみません、ちょっと行くところができて！」

俺は慌てて踵を返す。

「また来てくれる？」

「はい、必ず！」

「良かった。気をつけてね」

手を振ってくれる氷菓のお母さんに俺は軽くお辞儀をし、そして走り出した。

氷菓にはお父さんがいない。氷菓が生まれてすぐ事故で亡くなったらしい。詳しいことは知らないけど。

だから、引っ越してきて隣にいた俺たちは、それこそ兄妹のように仲良くなった。瑠花も氷菓に懐いて、本当の姉妹みたいで。

その姿を見ていた氷菓のお母さんはすごく楽しそうだったのを覚えている。俺たちが話さなくなって、遊ばなくなって、もしかしたら氷菓のお母さんを悲しませてしまったかもしれない。

別に氷菓のお母さんのためになんていうわけじゃないけど、また来ると約束した以上、絶対に仲直りしないと。

氷菓のお母さんをこれ以上悲しませたくはない。

俺は記憶を頼りに路地を走り抜ける。

そういえば、こうやって子供の頃鬼ごっこしたっけ。

陽が引っ越して、氷菓が隣にやってきてからは放課後は決まって氷菓と遊んでいた。

今ではもう何をして遊んでいたか詳細には思い出せないけど、俺たちはよくとある場所に集まっていたことは覚えている。

いるとしたら、あそこ以外考えられない。

全速力で走り、差し掛かった階段を一段飛ばしで駆け上がる。

息が上がり、肺が悲鳴をあげる。口の中が鉄の味がする。

くそ、氷菓に言われた通り、運動くらいしておくんだったか。「はあ、はあ、はあ、はあ……」

階段を上り切り、俺は腰に手を当て、身体をくの字に曲げながら身体全体で息をする。

こんなに走ったのは久しぶりだ。

走るのは好きじゃない。それでも、気が付いたら走っていた。

「伊織……」

声がして、顔を上げる。

そこには、ブランコに座る氷菓の姿があった。

「はあ、はあ……やっぱりここか……はあ、はあ……」

「なんで……」

氷菓は少しだけ驚いた顔でこちらを見る。

俺は顎に垂れる汗を拭う。

「だって……ここ以外、ないだろ。俺たちの……秘密基地だっただろ……?」

「覚えてたんだ」

言葉には熱は無く、淡々と返事が戻ってくる。

この程度で臆していてはいけない。俺はこれから、自分の過ちを全部認めて、氷菓に許してもらわなければならないんだから。

俺は唾をごくりと飲み込むと、意を決し一歩を踏み出す。

周囲を見回すと、いろいろと懐かしい物が並んでいる。

小さいブランコにシーソー、水飲み場。熊の謎の乗り物に、滑り台。

木々が数本立ち並び、ブランコ越しには少し上から見た街が広がる。

「木の上に家を作って秘密基地にする……っていろいろ街を見て回ったけど、結局ここになったんだよな。こんな公共の場、秘密でも何でもないのに、子供って何考えてんだろうな」

俺たちの街には電車に乗らなければ山や川なんてなくて、ちょうど良い空地なんかもない。

少年達が冒険する映画に触発されて、木の上に秘密基地を作ってみたいと一緒に街の中を探し回ったけど、そんな立派なものを作れる自然環境はこの街にはなかった。

そこで見つけたのがこの丘の上にある小さな公園だった。住宅街から少し離れていて、階段も長いため滅多に人が来る立地ではなかった。

だから、俺たちはここを秘密基地にしてよく遊んでいた。

そんな俺の言葉を、氷菓は地面を見つめながら興味なさげに聞き流す。

そして、気怠そうで鋭利な視線をジロリとこちらへと向ける。

「それで、何しに来たわけ？　……今は話したくないから、どっか行ってくれない？」

相変わらず熱のない、淡々とした冷めた氷菓の拒絶の言葉。

普段の俺なら、きっと諦めてここで引き返していたかもしれない。

だけど、今日は違う。

今謝らないと、きっと取り返しがつかないことになりそうな気がしたから。

俺は真っすぐに氷菓の顔を見つめる。

そして息を吸い込み、言う。

「さっきの言葉、謝りたくて。……酷いこと言って、本当にごめんなさい!!」

俺は謝罪と同時に、深々と頭を下げる。

「……はあ？　別に……そんなこと謝られてもしょうがないんだけど」

返ってきたのは、やはり拒絶の言葉だった。

俺はゆっくりと頭を上げる。

「だって、あの言い方はなかったなって……。完全に俺が悪かった。あんなこと言われたらそりゃ氷菓だって怒ったり悲しんで当然なのに、考えが足りなかった」

「だからさ……実際、私のことをそう思ってたのは事実なんでしょ？　それ謝って意味あるの？」

氷菓の射貫くような視線が俺の目をとらえる。

言う通り、仮に言ってしまったことを謝ったとしても、俺が今までそう思ってしまっていたのは事実だ。

氷菓からすれば、謝るくらいなら言うなという話だろう。

それでも、ただひたすらに非を認めて謝るしか俺に道はない。言ってしまったことを後悔したところでもう手遅れなんだから。

「氷菓を怒らせるつもりはなかったんだ。……こんなに傷つけるとは思ってなかった。今更何言ってるんだって感じだと思うけど……。確かに言ってしまった事実は変わらないけど、決して俺が氷菓を傷つけようとしたわけじゃないことはわかって欲しくて……」

「じゃあ私は別に傷ついてない。だから、謝罪とかいいからさっさと帰って。私は今一人になりたいの、わかる？」

氷菓は早口で淡々と言い終えるとそっぽを向く。

完全に氷の障壁を築いた氷菓に、俺の謝罪はなかなか届かない。

信頼を失っているといっても良いかもしれない。

「いつもは適当に受け流して近寄ってこないくせに、来てほしくない時だけこないでよ」

「…………」

それを言われてしまうと、反論が出来ない。俺は何も言えず黙ってしまう。

「……そりゃ私から出てって陽にもあんたにも悪かったと思うけど、そんな形だけ謝られても意味ないし」

「か、形だけのつもりじゃないんだ。俺も自分の認識を改めて、氷菓との関係を考えたうえで……」

すると、氷菓は俺の言葉に割り込む。

「だいたい、らしくないじゃん。何、私が思ったよりも反応悪くてびっくりした訳？　普段の感じなら言い返してくるかと思った？　途中で帰るから、慌てて謝罪に来ただけじゃないの？　そんな謝罪されても、はいそうですかとしかならないから」

手厳しい言葉に、俺は僅かに怯む。

いつものように受け流してはいけない言葉だ。

「確かにいつもの俺はもっとガキだから、こんなことするなんて信じられないかもしれないけど……今回は違う。俺は、こんな俺のバカみたいな行動のせいで氷菓との関係を終わらせたくないんだ。俺のわがままだけど……謝らせてくれないか？」

「なにそれ……私と疎遠になりたくないから謝りに来たって訳？　冗談でしょ、やめてよ。誰かに入れ知恵でもされたわけ？　そう言えば許されるよって」

俺は食い下がる。

「冗談でもないし、入れ知恵でもない。陽に気づかされて背中を押されたけど、決断したのは俺だよ。……改めて考えてみたら、俺にとって氷菓はその……やっぱり幼馴染だから。俺の軽率な言葉が引き金なのはわかってるし、それで氷菓がイラついたり悲しんでるのもわかってる。けど、それは俺の本位じゃなかったことはわかって欲しいんだ」

「…………」

俺の言葉を聞き、氷菓はじっと俺の方を見つめる。

「それが言いたかったわけ？」

「あぁ……」

氷菓は目を瞑り、静かに口を開く。

「わかった……じゃあこれで満足した？　自己満で謝罪して、それで十分？」

「い、いやそんなつもりは……」

いつもより鋭く研ぎ澄まされた言葉に、俺は思わず息を吞む。

「もう用は済んだんでしょ？　いい加減帰って。私だって一人で気持ちを整理したいから。謝罪はもう本当うんざりだから」

「で、でも、本当に自己満足で謝罪してるつもりは無くて……きっと俺の勘違いもあるだろうから、そこも話し合ったうえで謝りたくて……。けどまずは、酷いことをしてしまったことを謝りたくて……だから、ごめん……」

「だからっ……！」

瞬間、氷菓の纏う雰囲気が変わる。

「謝ってほしいとかそういうことじゃないんだって!!」

「！」

いつものダウナーな氷菓とは思えないほど大きな声が、俺の鼓膜を揺らす。

それは普段からは考えられないほど感情の乗った声だった。

俺は思わず顔を上げ、氷菓の顔を見る。その顔は、苛立ちを隠しきれない様子だった。

「え、い、いや……」

氷菓は氷の中からマグマが噴き出すように、一気に言葉を吐きだす。

「今更……結局伊織がそう思ってるっていうのは一緒でしょ!? だったら謝られて何か変わる訳!? そう思われてるなら意味ないんだって! あんたが今更謝って考えを変えたからって、思ってた事実は変わらないでしょ、違う!? しつこいんだって、意味ないのに!」

「…………」

氷菓の吐き出す生身の言葉に、俺は思わず一瞬フリーズしてしまう。

少しして、俺は慌てて弁明する。

「ち、違うんだよ! 思ってたというか……氷菓の行動からそう推察するしかなかったというか……。だから確信を持って言ったわけじゃなくて……」

俺の言葉に氷菓は顔をゆがませる。

「はあ!? 意味わかんないし……! また私のせい!? 私が、どんな気持ちでっ……!」

「…………」

氷菓の感情の爆発に、俺は思わず言葉を失ってしまう。

そういうつもりじゃなかった。氷菓のせいにしているつもりなんてない。
だけど、氷菓がこれだけ感情的に吐き出してしまう程に、俺は氷菓を苦しめてしまって
いたのかもしれない。たとえ勘違いだったとしても。
「私が伊織のこと見下してるとかさあ！　そんな……そんなことないのに!!　なんでそん
な風に思われないといけないの!?」
氷菓は堰を切ったように叫ぶ。それは、氷菓の本心のように思えた。
思っていた事実は変わらない。
確かに俺は、氷菓が俺を見下しているかもとか、関わって欲しくないとかそういう風に
思っていると実際多少なりとも思っていた。
それを嫌だとか氷菓が酷い奴だなんて思ったことは一度もないし、だからこそいじるよ
うな軽いノリで出た発言であって、決して悪意を持って発したわけではなかった。
それでも、氷菓にとってはそう思われること自体が耐えがたいことで、だから俺が発言
したことを謝るのに意味を感じていないのだ。
「氷菓の言う通り、確かにそう思ってしまっていたけど……今は違う！　さっき俺なりに
考えて、氷菓がそんなことするのはおかしいって気が付いたんだ！　だから話がしたくて
……」
氷菓は興奮気味に身を乗り出し、目を見開く。

「だから何!?　こういう時だけそっちから謝りに来て……いつもみたいに適当に受け流せばいいでしょ!?　どうせ私の言葉なんてまともに聞いてないんだから、何で今更そんなしつこく食い下がってくるわけ!?」

自分の今までの行いが返って来る。

陽に言われた通り、小言とはいえ氷菓から俺に対して与えてくれていたのに、俺はそれを正面から受け入れてこなかった。それがこの結果を生んでしまった。

「だって俺、また氷菓と疎遠になんてなりたくないから……。今度はちゃんと受け止めるから。謝って、誤解があるなら話し合いたいんだ……！」

「うるさいうるさい！　ばかばか！」

氷菓はブランコから飛び降り、俺に詰め寄る。

「今更遅いから！　何のために……何のために私が……今まで……！　そんな風に思われてたなんて……信じたくなくて、言われたくなくて……だから……!!」

「だ、だからこそ話し合って……今度こそ氷菓のことちゃんと知りたいんだよ！　俺が全部悪い、俺が悪かった！　けど、やっぱりまだ氷菓と仲良くしたいんだよ！　せっかくまた仲良くなり始めたのに、こんなことで終わりにしたくないんだ！」

氷菓の熱に当てられ、思わず俺も声が大きくなる。

ここまで感情をむき出しにしたのは子供のころ以来かもしれない。

氷菓もヒートアップして反論する。

「なんでさ!?　今更そんな……私のことなんて元々どうだって良かったんでしょ!?　だからそっちから話しかけてくれなかったし、距離も取ってたでしょ!?　言葉と行動が矛盾してるって思わない!?」

「そ、そんなことねえよ！　俺は……俺はすごい努力で変わってく氷菓が、俺の事そういう風に見てたら逆に迷惑かけるとか考えて……」

「迷惑!?　私が一言でも伊織にそんなこと言った!?」

「言ってないけど……氷菓が中学から急にそっけなくなって……その直後から努力で人気を得ていってるのを見たら……俺から距離を取ったのはそういうことかなと思っちゃったというか……」

言いながら、俺は今になって気が付いた。

最初は、俺と関わりたくないんだと思った。

せっかく努力してなった今の自分に、過去の存在である俺が関わって評判を落としたくないと思うのは、普通のことだと俺も納得していた。

けど、氷菓から小言だとしても関わってくれている時点で、それはあり得なかった。

それなのに俺がその事実に気が付けなかったのは、深く考えないようにしてたからだ。

俺にとって、その方が都合が良かったんだ。

自分の限界に早々に見切りをつけて、成長することをあきらめた自分。対して、努力してどんどん可愛く、人気になっていく氷菓。

本当は自分が行動していないだけだったのに、それを氷菓のためだって勝手に思い込んで、それでも良いって達観していた。氷菓とのギャップを感じて動けないことを、氷菓の意思だからと免罪符にしていたんだ。

そのくせ氷菓からの言葉は軽く受け流し、それでも接点があるとどこか安心していた。

何やってんだろうな、俺……。改めて考えると、こんな情けない男もいないだろう。

すると、氷菓は眉間に皺を寄せ叫ぶ。

「関わってきもしないくせに、勝手に人の気持ちをわかった気になるな!!　客観的に見るようにする!?　どこが客観的に見れてるのよ！」

本当にその通りで、俺はまた返す言葉を失う。

見れていると自分で思っていただけで、その実俺は自分の見たいものしか見ていなかったんだ。客観視なんてあったもんじゃない。

「そもそも、そっちが先に無視し始めたんでしょ!?　何勝手なこと言ってるの!?」

その言葉に、俺は引っ掛かる。

「え……？　い、いや、そんなはずは……氷菓が中学の時に急にそっけなくなったんだろ？」

「覚えてないの!?　本気で言ってる!?」

「いや、だって俺の記憶では……」

俺の反論に、氷菓は一瞬ハッと目を見開くと、声を震わせる。

「そんな……わ、私がどれだけ……どれだけ悲しんだか……っ！　あんな……急に……っ！」

「それは――……」

瞬間、眉間にしわを寄せ俺を睨む氷菓の目がじわっと滲《にじ》む。

そして、まるで緩んでしまった蛇口のように、ぽろぽろと大粒の涙があふれ出す。

「えっ……!?」

それは、誰も予測できない涙だった。

涙は氷菓の頬をなぞるように這い、そして地面へと落ちていく。

「え、な、何これ……いや……私泣くつもりは……そんな……うっ……うっ……」

氷菓は必死に流れ出る涙を袖で拭う。それでも、涙は止まってくれない。

自分でも止められないその涙に、氷菓は戸惑いを露わにする。

「ちょ、見ないで……」

氷菓は顔を隠すように押さえ、力なくブランコに座り込む。

あの氷菓が……俺の前で泣くなんて。

「だ、大丈夫か氷菓……？　いや、本当ごめん、泣かせるつもりは……」

俺の問いかけには答えず、少しの間氷菓は顔を押さえたまま下を向く。

「氷菓……」

鼻のすする音としゃくりあげるような音が、静かに秘密基地にこだまする。

俺はその涙にどうしていいかわからず、ただ固唾を呑んでその様子を見守ることしかできなかった。

少しして、ようやく落ち着いてきた氷菓がゆっくりと顔を上げる。

その瞳は潤んでいて、目の周りは少し赤みを帯びていた。

「……ごめん泣いちゃって……落ち着いたから、もう大丈夫……」

完全に意気消沈した氷菓は、弱弱しくそう口にする。

泣いてしまうほど気持ちが溢れかえってしまったのか。

「……うざい女だよね、急に泣き出して……ずるいよね。ごめん、こんなの私じゃないから、忘れて……」

そう呟く氷菓に、俺は静かに言葉を返す。

「うざくない……。俺のせいだろ、全部」

「…………」

「なあ氷菓。やっぱり、俺と少し話してくれないか？」

「しつこい……。なんでそんな……らしくないじゃん……。あんたは、私の言葉なんて……まともに聞いたことないのに」

氷菓は目をこちらへと向けず、地面を見つめながら言う。

俺は静かに氷菓の横のブランコに座る。

「……それじゃだめなんだよな」

氷菓はじっと俺の顔を見る。

「陽が来てまた氷菓と話せるようになって、昔から変わってないような氷菓の顔が時折見えたりして、それが嬉しかったんだ。だから、俺はまた前みたいに氷菓と話せるようになりたい。……ダメかな？」

「そりゃ、私だって……。けど、伊織がそんななんじゃ、私がまた傷つくだけだもん……」

「そんなことない！　俺は確かに酷いこと言ったけど、それは本当に何度だって謝る。けどさ……俺、察し悪いからさ。多分、氷菓の本当のところをわかってなかった」

俺は一呼吸を置き、氷菓を見つめ直す。

「本当は自分が氷菓に話しかけられなかっただけなのに、氷菓が迷惑だろうからなんて勝手に免罪符にして……ほんと最低なバカだけど、それで終わらせたくない。やっぱり俺、まだ氷菓と仲よくしていたいんだ。だから……」

「…………」

「俺のわがままだけど……今度こそちゃんと、氷菓を知りたいんだ。俺も、今度はちゃんと話す。だから……話したい。俺に少しだけ時間をください」

氷菓は俺の真剣な言葉を最後まで静かに聞き終えると、ぎゅっと目を瞑る。

そして、短く息を吐くと、目を開ける。

「……わかった。私もここまで本音さらけ出しちゃったし……。伊織も……一応は本音を言ってくれてるみたいだから……。少し、話してもいいよ」

「ありがとう」

ようやく、俺達は話し合いのテーブルにつくことができた。

もうここまで来たら、とことん話し合うしかない。今じゃないと、もう話す機会なんてないかもしれないから。

何から話すべきか……やっぱり、俺たちの関係性が今のようになってしまったきっかけの話。ここを話し合わないと、多分話はずっと平行線だ。

俺は意を決し、口を開く。

「……俺達、中学入学くらいまでは仲が良かっただろ？」

「そうだね」

「だけど、氷菓が急に俺に冷たくなって……あの辺りから何かがおかしくなった気がするんだ。あれって、一体なんだったんだ？」

長年の疑問。瑠花でさえ、何故氷菓がこうなってしまったのか皆目見当がついていなかった。

直接聞けば逆に怒らせてしまうかもしれない、面倒な話になるかもしれない、そう思ってあえて聞かなかった。

これを解決することが、だが、それがいけなかった。

するると、氷菓は呆れたような顔でこちらを見る。

「えっと……え？　本当に心当たりがないの？」

「申し訳ないけど、まったく……」

はあ、と氷菓の溜息が聞こえる。

「そこからズレてるわけ……さっきも言ったけど、そもそも距離を取り始めたのって、伊織からでしょ？」

「いや、そんなはずはない気がするけど……」

「……私たち……一応それなりに仲が良かったでしょ？　幼馴染……だったわけで」

「あぁ」

少なくとも小学校を卒業するまでは、俺たちは本当に仲が良かった。親友と呼べるものだった。

そこに疑念の余地はない。全部俺の妄想だった、なんて落ちじゃない限りは。

「私が引っ越してきてからずっと兄妹みたいに育って……ぼんやりと私は伊織といつまでもこうして仲良くしていくんだって思ってた」

「そりゃ俺だって」

しかし、氷菓は首を振る。

「だから中学でも一緒に……って思ってたのに、あんたは女子と話すとからかわれるってちょっとずつ私といるのを嫌そうにして……それで何だか少しずつぎくしゃくし始めた」

「いやそんなことは……」

そう否定の言葉が口をついて出る。

確かに、俺たちは異性同士にしては仲が良すぎたから、よくクラスの奴から夫婦だのカップルだの言われたり、相合傘を書かれたりもした。

そこまでは俺にも自覚があり、多少その周りの反応が怠くなっていったのは覚えている。

だからこそ、それを繰り返すまいと陽との関係を模索したりもしたんだ。

けれど、それをきっかけに距離を置いたという自覚は正直無かった。

すると、ピンとこない俺に氷菓は続ける。

「映画を見る約束をしてもドタキャンされたり、一緒に帰ってくれない日が出来たり、遊びに誘われなくなったり……思い返してみなよ。あの頃をさ」

言われて、否定したい気持ちが湧き上がる。そんなことしてるはずがないと。

……そのはずなのだが……言われてみると確かに、その辺りから氷菓の誘いを断るようになった記憶が、徐々に思い返される。

一人で先に帰ったり、映画を一人で見たり、秘密基地に行かなくなったり。一つ一つは小さな変化だったが、改めて客観的に見てみると確かに氷菓の言う通りかもしれなかった。

「言われてみると……あったかも……しれない。確かに……」

俺は少し気まずいながらもそう口に出す。

まさに、言われてみれば、というやつだった。

「まあ、それだけ無意識にってことなんだろうけど……。だけど、その時の私は正直……意味がわからなかった。折角私達、仲良く続いていたのに、こんな些細なことで亀裂が入るなんて。お互いに地味っ子だったし……私は伊織がいないと、他に友達なんて……いなかったのに……」

「氷菓……」

その時のことを思い出して悲しそうな表情をする氷菓に、俺の心臓はきゅっと締め付けられる。

無自覚とは言え、そんな追い詰めてしまっていたなんて。

「そんな時だよ、伊織が変な女に骨抜きにされはじめたのは。いや、もしかしたら骨抜きにされたからそうなっていったのかもしれないけど」

「え？　な、何の話だよ、急に」

骨抜き？　そんな記憶はないけど……。

「忘れたなんて言わせないけど？　だって伊織があの時……私に相談してきたでしょ」

「あの時……？」

「あの子、あんたと席が隣だった……」

その時、俺は氷菓が何を言っているのかを完全に理解した。

俺にとっての忌まわしい記憶。初めての失恋の記憶。

あれは向こうからの好意に応えているつもりだったのに、気が付けばそれは俺からの一方的な勘違いで。

そうか……あれは周りから見ると俺が骨抜きにされてたように見えるのか。

結果を見れば、その見方は事実だったということだ。

「島崎日和……か」

「そうだよ。あんな子に骨抜きにされて……！」

「そんな黒歴史は忘れてくれ……けど、それが氷菓が俺に冷たくなったことと何が関係あるんだ？　確かに距離をとり始めてしまったのは俺からかもしれないけど……そこはあんまり関係なくないか？」

「それは……察してよ」

氷菓は急に言葉を濁す。言いづらそうに、視線を逸らす。

「氷菓……頼む、教えてくれ。申し訳ないけど、俺が察せてたらきっとこんなことにならなかったから……」

「むぅ……」

氷菓はいじけるように頬を膨らませる。

そして、大きく溜息をつく。

「確かに……あんたが察し良かったらもっと違った関係だったかもね」

だろ？　と俺は恥も外聞もなく同意する。

少なくともこんなすれ違いは起きていなかったはずだ。

「……一緒に帰る回数も減って、お昼食べる回数も減って。人間関係ってこんな風に変わるんだって、ちょっと絶望して。この先の人生を考えればそんなの些細なことなのに、その時の私の中では大きいことで……」

氷菓は一呼吸置き、続ける。

「そんな時にだよ？　私とは距離を取り始めた幼馴染がさ、〝絶対俺のこと好きだから告白したいんだけどどうかな？〟なんて言ってさ。私も、はあ？　って感じになるでしょそりゃ。急にまた話しかけてきたと思ったら他の女の話……有り得ないでしょ。何で私じゃ駄目だったのって……」

こちらを見ずに氷菓はそう話し、恥ずかしそうに頬を赤らめている。

氷菓視点での話を聞くと、まるで俺の思っていた黒歴史とは、全然違った姿が見えた。

あの時、氷菓がそんなことを思っていたなんて、微塵も考えていなかった。

「あぁ、私が日和ちゃんみたいに明るいかわいい子じゃないから、飽きられたんだなって思った。それで……あんたがムカついた」

「えっ!?」

俺は思わず叫ぶ。

「いやいや、なんでそんな……俺が氷菓に対して飽きるとか、そんな酷いこと思ったことないからな!?」

「今考えるとね……伊織は怠惰でバカで狡《ずる》いやつだけど、そう言うこと思う奴じゃないってわかるけど、その時は冷静じゃなくてそう思うしかなかった。今のあんたと同じ」

「前提がなんか納得いかないけど……確かに、同じか」

氷菓の思考を否定はできなかった。

結局、お互い言葉を交わさない以上、想像で察するしかなかった。あの恋愛映画の登場人物たちのように。

「その時はそう感じて……だから、努力して、絶対後で伊織をびっくりさせてやる、見返してやるって思って。それで、変わろうって努力を始めたの」

「そういうことだったのか……」

疑問に思っていたこと、靄《もや》が掛かっていたことが、徐々に鮮明になっていく。

「そりゃ俺があんな風に言ったら、当事者の癖に綺麗さっぱり忘れて、あまつさえ努力をけなす奴だって思っても仕方ないよな……」

昼間の発言を思い出し、俺は自分を余計に恥じた。

もとはと言えば俺の態度が原因だったのに、そんな不純な要因だと決めつけられたら、そりゃ傷つくに決まってる。

新学期早々、「私、変わったと思わない？」と廊下に追いかけてきてまで聞いてきたのは、そういうことだったのかと腑に落ちる。

きっとあれも、氷菓のプライドからして簡単に出来たことじゃなかったはずだ。そう考えると、氷菓の姿が少し違って見えてくる。

俺は、あまりにも氷菓を表面上でしか見ていなかったのかもしれない。高校デビューして垢ぬけた今は、所詮関係のない元幼馴染だ、と。

「完全に……俺のせいだな」

「せいだけど……努力は自分のためでもあるから。きっかけだよ、ただの」

「すげえな……。けど、なんで高校デビューしてからも疎遠で、会う時は小言しか言ってくれなかったんだ？　普通に見せつけて、俺を見返してくれれば良かっただろ」

「だって……」

　氷菓は恥ずかしそうに俯く。

「しばらく話してなかったから、接し方とか忘れちゃって……努力したって直接言うのも何だか恥ずかしいし、癪だし、今更そんな昔の話って思われるだろうしと思ったら怖くて……。けど、お節介焼いてる時だけは普通に言葉が出てきて、それで……そればっかりになっちゃった。毎回毎回煩いって思ってたよね……ごめん」

「い、いや氷菓が謝る必要はないけど……」

　しかし、氷菓は首を振る。

「良かれと思って……私の知ってる伊織なら、わかってくれるし、変われる……って思って言ってたけど、結局ただのお節介で上から目線だったって思われてたんだもんね。なんか意地はったり、プライドが邪魔したりして、陽みたいな素直な言葉が言えなくなって……伊織が聞く私の言葉は、私の小言だけだったわけだし。そりゃそう思うよね」

　乾いた笑いを漏らし、氷菓は俯く。

「別に煩いとは思ってなかったよ。俺が勝手に自分を見限って、響かなかっただけだしさ。確かに小言ばっかり暇かよって思うこともあったけど……最近とか、ちょっと話す機会も増えて……氷菓は変わったけど、変わらないところもあるって実感するとさ、あぁ俺もちょっとは変われるのかなって思えてきたというか。氷菓のありがたい助言の一つでも聞いてみてもいいのかな、なんて思ったりもしたんだよ」

「伊織……そっか」

氷菓は俺の顔をじっと見つめる。

何だか気恥ずかしいが、この場の空気が、俺の口をすらすらと動かす。

「それに、その裏では普通に話せたらって思ってくれてたってわかって、ちょっと嬉しかったというか……俺もほら、氷菓は俺が邪魔だと思ってると思ってたからさ」

徐々に徐々に、俺たちの中の絡まりあっていた糸がほどけ始める。

中学一年の夏。俺の初恋とも呼べる甘酸っぱい思い出を作り出し、そして同時に真っ黒な黒歴史を作り出した頃を境に、俺と氷菓はすれ違いを始めてしまったのだ。

ほんのちょっとのすれ違いで、俺たちはこんなに長い間歪な関係を続けていたなんて。

「幼馴染だから……きっと言わなくても伝わるし、小言だって私が言ってあげるしかないなんて、ちょっと傲慢だった。今じゃ陽もいるし……私が言わなくてもいいんだもんね」

氷菓は少し寂しそうにそう呟く。

同じ幼馴染でも、氷菓と陽は全然違うタイプだよなと改めて思う。

「俺は……氷菓に言われたい」

「なにそれ……変なの」

氷菓は少し照れ臭そうに笑う。

沈黙が流れる。

けれど、ここに来た時とは違い、流れている空気はそれほど悪い物じゃなかった。

少しして、氷菓はバッとこちらに向き直る。

そして、意を決したように口を開く。

「伊織……私もごめんなさい！」

そう言って、氷菓は俺に頭を下げる。

「氷菓……」

「私だって言い方が悪かったり態度が悪かったりで、伊織がいろいろと誤解したり嫌な思いしても仕方なかったのに、まるで自分だけ被害者みたいに飛び出しちゃって……。今までずっと嫌だった？　私のこと嫌いになっちゃった……？」

瞳を潤ませ、眉を八の字にして氷菓は俺を見つめる。

普段より言葉が柔らかいせいか、ダイレクトに俺の心へと伝わってくる。

「なる訳ないだろ、今更。俺は俺でこうして怠惰で変化を嫌う人間になっちゃったんだし、逆に呆れてるだろ？」

俺に対して愛想尽きてたって不思議じゃ無い。

しかし、氷菓は首を振る。

「そんなことない。私が意地になってただけで……何か焦ってたのかも。呆れてたら、とっくに話さなくなってるよ、きっと」

「そっか……そういうもんか。……聞けて良かった」

「私も」

俺は少しホッとする。

お互いに言いたいことはたくさん言えた。きっとわかり合えたことも多い。

氷菓の顔は、ここにきた時よりもすっきりして見えた。

きっと俺の顔もそうなんだろう。

「きっとお互いに原因があったけど……あのまま空中分解して疎遠にならないで、こうして話し合って解決できて本当に良かった。話し合いの場を設けてくれてありがとね、伊織」

「何か……今日はやけに態度が柔らかいな」

「ちょっとすっきりしたからさ。気持ちを話すの恥ずかしいけど……素直に話すって、悪くないね」

そう言って、氷菓はじっと俺の目を見る。

その顔は、いつも通りの美少女で、だけど冷たい雰囲気は鳴りを潜めている。

久しぶりに氷菓の顔をしっかりと見た、そんな感じがした。

「じゃあ……」

　俺は少し照れながら、氷菓に右手を差し出す。

「一応これで……和解ってことで、いいか……？　これからも、俺と仲良くしてくれるか？」

「もちろん」

　そう言って、俺達は手を握り合う。

　小さな氷菓の手が、少し温かい。

　俺たちはなんだか気恥ずかしく、お互いの間に微妙な空気が流れる。

「……こんなことなら、もっと早く伊織に聞けば良かった」

「右に同じ」

「というか……陽だって幼馴染でべたべたしたら周りから何か言われるのに、私だけ中学の時距離取られたとか普通にやってること酷くない？」

　氷菓はぷぅっと頬を膨らませる。

「そ、それは……いや、だってもう高校生だぜ!?　少しは耐性というか、周りも大人になっているというか……」

　すると、氷菓はふふっと笑う。

「まあいいよ、許してあげる。けど、どうしようかな。小言の代わりに私も陽みたいにぐいぐい行っちゃおうかな」

「おいおい、陽みたいに距離感バグるのは勘弁してくれよ、あれ一人でも相手するの大変なんだから、二人になったら身体がもたん」

あの衝撃は正直一人で十分ではある。

……いや、今更一人増えたところで変わらないか。

「というか、そんなことしたらせっかく上り詰めたカーストが真っ逆さまだぞ」

「いいよ、別に。だってもともとそういう目的で頑張ってたんじゃないんだから」

そして、氷菓は俺の目を見る。

「これからまた少しずつ……幼馴染に戻ろうね」

そう微笑みながら言う氷菓の顔は、誰が何と言おうと美少女だった。

「さて、そろそろ帰るか」

見ると、夕日が地平線に沈みかけていた。

空にグラデーションがかかり、幻想的な幕が下りる。

「陽にも謝っとかないと。せっかく私たちを誘ってくれたのに」

「そうだな、結構心配してくれてたし」

と、その時一つ疑問が浮かぶ。

「そういえばさ」

「何？」

氷菓がこちらを振り返る。

「俺が骨抜きにされてる時、なんで私じゃ駄目だったの、って言ってたけど、あれってどういう意味だったんだ？」

「！　そ、それは……」

氷菓は口ごもり、なんだか少しもじもじとし出す。

ちょっとだけ違和感があったのだ。私じゃ駄目だったのって、そもそも幼馴染で仲の良い氷菓と、好意を持った隣の席の女の子なんて関係性のベクトルはまったく別で、代替できる存在じゃないはずだ。それは氷菓もわかってるはずなのに、私じゃ駄目だったのと思うということは、俺が理解していること以外に何か他の意味がある気がするんだが……。

「い、言わないとだめ？　……聞きたい？」

「どうせなら。それ聞いたらもうちょっとすっきりしそうだし」

氷菓は目をきょろきょろとさせながらあたふたした後、覚悟を決めたのか深呼吸をし、改めて俺の方を向く。

「あのね……いやまあ、過去の話として聞いて欲しいんだけど……い、今もじゃなくてね？　あくまで過去ってことで」

「う、うん……」

「私じゃ駄目って言うのはその……伊織が……その、その子を好きになったかもだけど

「……その……わ、私とだって仲良くしてたんだから……だからその……」

あれ、なんだこの表情は。軽い気持ちで聞いただけだったのに、なんか……なんか空気が!?

氷菓はぱちぱちと瞬きを繰り返し、そして上目遣いでこちらを見る。

少し潤んだ瞳に、ドキッと、心臓が跳ね上がる。

あれ、これ……この空気……って……。

「私、あの頃伊織のこと――」


『タラララタララララリラ～』


「「!?」」

瞬間、軽快なメロディが爆音で流れ始める。

「え、あっ、で、電話……!」

氷菓は慌ててスマホを取り出すと、電話に出る。

なんと間の悪いコールだ。

このクリフハンガーで俺の主人公感だしてるとかじゃないよな……?

「うん……うん……もう大丈夫、ありがとう。伊織？　うん、今目の前にいるから……」

何か名前呼ばれたな……知り合いか？　お母さんか陽ってところか。

「……うん……え、家の？　わかった、すぐ行くね」

そして、氷菓はピッと電話を切る。

「誰？」

「陽だった。大丈夫かって」

「なるほどね。すぐ行くって言うのは？」

「今私の家に向かってる途中だって。だから、会えないかって。陽には心配かけたし、今日中に話しておきたかったから丁度いいよ」

俺一人で話した方が氷菓も話しやすいと送り出してくれたが、やっぱり陽もそりゃ気になってるよな。

「それが良いな。……で、さっきの話の続きだけど」

あれを聞かないと、夜も寝られん。

すると、氷菓はニヤッと笑う。

「やっぱり言うの止めた」

「はあ!?」

「また今度ね。時が来たら教えてあげる」

「お預けかよ……時っていつだよ」

「うーん、世界が滅ぶ時とか？」

「言う気ね～」

「私が死ぬまでには言うから安心して」

「気の長い話だな……」

とりあえず、それを聞くまでは氷菓と疎遠になる訳にはいかなくなったな。

氷菓はブランコを少し動かし、ポンと飛び降りる。

そしてぐっと伸びをすると気持ちよさそうに息を吐く。

「じゃあ、帰ろっか。家に」

そう言って氷菓は帰路を歩き始める。

俺も氷菓に続いて公園を後にする。

氷菓の後ろ姿は、普段見るよりも少し楽しそうに見えた。

◇◇◇

急ぎ足で氷菓宅へと戻り、家の前で俺たちは一堂に会する。

陽は青ざめた顔で最初俺たちを迎えたが、最悪の結末を迎えたわけではないということを察するとホッと胸をなでおろし、地面にしゃがみ込んで顔を脚の間に埋める。

「ど、どうした陽!?」

「お腹でも痛くなっちゃった!?」

慌てて駆け寄る俺達に、陽はブンブンと首を左右に振る。

「ううん……安心したら……力抜けちゃって」

そう言って、陽はへらっと笑みを浮かべる。

「私が二人を誘ってお出かけしたからさ……私のせいで関係がこじれちゃったらどうしようって不安で……」

珍しく陽の弱気が漏れる。

いつも元気で明るいが、決してただの無神経な女の子ではないのだ。

「ごめんね、心配かけて。元はといえばこいつが変なことを言い出したのが悪いんだから、陽は悪いところなんて一つもないよ」

氷菓は肩を竦めて呆れるように言う。

随分と機嫌が直ったな、こいつ。

「おいおい、なんで俺が諸悪の根源になってるんだ？　喧嘩両成敗で終わったんじゃなかったんでしたっけねえ？」

「あれ、違ったっけ？　違くないと思うけどなあ。今日に関してはスタートは伊織だったような」

氷菓は顎に手を当てながら、にやにやと悪い笑みを浮かべる。

「おまっ……いや、まあそう言われると否定できないけど……」

事実ランチ時に調子乗っていらないことまで言ってしまったのは俺だからな。

まあそれが無ければこの和解も無かった訳だが、それはまた別の話か。

「今回ばかりは俺が悪かったわ。ごめんな、陽。せっかくセッティングしてくれたのに」

「ううん、気にしないで。私はなにより二人がいつも通り戻ってきてくれて嬉しいよ！」

陽は立ち上がると、ごしごしと目元をこする。

「また時間できたら今日の続きしようよ！　まだ買いたい物とかあるからさ」

「いいね、私ももっといいお店いくつか知ってるから案内するね」

「映画がないなら俺は不要だよな？」

さすがに今日一日でどっと疲れがたまってしまった。

美少女二人を侍らせるというのは悪くはないが……今日は傍から見ると荷物持ちって感じだったしな。

すると、陽――ではなく、珍しく氷菓が声を上げる。

「何言ってんの、仕切り直しなんだから伊織も確定でしょ。あ、私が服選んであげようか？　もっとおしゃれした方がいいと思う」

「早速の余計なお世話だな。……いや待て、それに関してはあながち余計とも言い難いか……？」

俺は自分の衣装ケースの中身を思い出す。

今日はたまたまビギナーズラックでヒットを打てたが、次回もこう上手くいくとは限らない。

ここはプライドを捨て、高校デビューを果たせるだけの実力のある氷菓に見繕ってもらうのが、ベストじゃないか……？

「まあ……それもありか？」

「決まりね、私が改造してあげる。伊織は言ってもわからないことがよ～くわかったから、私が直接変えてあげる」

氷菓は楽しそうに不敵な笑みを浮かべる。

「お、お手柔らかに……」

そのやりとりを見つめ、陽はびっくりした顔をして、ぽかんと口を開ける。

「どうした陽そんな顔して」

「えっ!? あ、いやあ、なんか二人ともいつも通り戻ってきたと思ったけど……なんかちょっと仲が深まってる？」

言われてみると、喉に魚の骨が詰まっていたような以前の何とも言えない感覚と違い、何だかすらすらと会話が出来ている気がする。

氷菓の思っていたことがわかった今、氷菓をただのツンツンとした氷の女王、なんていう捉え方ではなくなっていた。

もちろんまだツンツンとしているんだけど。それでも、その裏には俺に対する信頼や何らかの思いがあると、今なら少しだけ理解できる。

「まあ……ねえ？」

氷菓が俺の顔を見る。

「まあ、ちょっといろいろと深い話したからな、お陰様で」

「深い話……そっか、そうなんだね。なんだか二人ともいい感じじゃない!?」

このこの～！　と陽は氷菓のわき腹を肘でつつく。

「や、やめてよもう。今はそういうのは……」

「そうだぞ、冗談でも氷菓にそんなこと言ったら最終的に尊厳が傷つくのは俺なんだからな」

いい感じだなんて思ったが最後、また俺は中学の惨劇を繰り返すしな。

これに関しては何度でも擦っていく、俺の人生の教訓だからな。

「あはは、ごめんごめん」

「けどまあ……伊織は伊織で優しいやつだし？　言われてもそんな苦ってほどじゃないけどね」

「…………」

俺はポカンと氷菓の顔を見つめる。

えっと、それはどういう意味ですかね。

「お、幼馴染としてね!?　勘違いはやめてよ、中学の二の舞だから、それ……！」

慌てて訂正する氷菓に、俺は危なく二の舞を踏むところだったと正気に戻る。

「だ、だよな!?　変なこと言うなよ！」

まったく、油断も隙も無い……。

「ふんふん、じゃあもう二人とも前よりもっと仲良しってことだ」

「まあ、前が低すぎたってのはあるかな。けど、別にこの数年間がなくなるわけでもないけどね」

確かに、ここ数年の断絶を考えれば突然大親友のようになるには時間が必要ではあると思う。

強いて言うなら、ちょっと話しやすくなった程度かな。

「けどまあ、臨戦態勢みたいな空気はなくなるだろうけどな。ちょっとは氷菓が何考えているかわかったし」

「どうかな～、伊織の鈍さじゃそう簡単にわからない気がするなあ」

くっくっくと氷菓は笑う。

　すると、陽がおもむろに言う。

「なんだかいいね。二人には歴史があってさ」

「歴史？」

「昔から地続きで一緒にいて、仲良くて、今もこうやって二人で話し合って折り合い付けたわけでしょ、すごいよ！」

　陽は称賛するように腕を組み、うんうんと頷く。

「中々出来ないよ〜羨ましいなあ」

「そ、そうかな？　……けど、陽も同じような感じでしょ？　わざわざ遠くから転校してきてさ、いきなりでもこうやって伊織と仲良くなれるんだからそっちの方が私としてはすごいよ」

　しばらく冷戦期間があっただけで、どう話したらいいかわからなくなる女だ、さすがにそこはそう思うか。

　すると、陽は違うよ、と首を振る。

「私は氷菓ちゃんと違ってさ、伊織に仲良くしてもらってる立場だから」

　瞬間、俺は凍り付く。

　まさかの仲間からのフレンドリーファイアに、完全に不意を突かれる。

　え、おい……おいおいおい、待て待て待て！　何を言う気だ!?

「え、何それどういうこと……？」

氷菓が怪訝な顔をする。

そりゃそうだよな、何か引っ掛かっちゃうよな!?

「陽の方が下の立場なわけ？　そんな訳ないじゃん。陽の方が構ってあげてる感じでしょ？」

「それが違うの。だって――」

「陽さん、ちょ、ちょっと!?　ストップストップ！」

しかし、俺の必死の抵抗も空しく。

陽は俺の静止を意に介さず、言葉を続ける。

「私――……伊織におっぱい揉まれちゃってさ」

「はっ……はあ!?」

氷菓は唖然とした顔で叫ぶ。

終わった……。俺は天を仰ぐ。

「それをバラさないって約束で昔みたいに仲良くしてもらってるんだよね……」

「何それ……!?」

何言ってんだと陽の方を見ると、陽はてへっと舌を出す。

「ご、ごめん、何か言っちゃった……えへへ」

こ、こいつ～～～!!　えへへじゃねえ～～!!

瞬間、氷菓の凍える視線が俺の眉間を貫く。

それは、氷の女王の復活だった。

「信じらんない……胸を触った!?　乙女の!?　あんた……ありえないんだけど……!」

「ちょ、ちょっと待て聞いてくれ、不可抗力だったんだ!!」

「否定しないんだ……。あんたは所詮そういうやつってことね、普通にきもい」

「ひょ、氷菓さん……?」

うおお、せっかくさっきまでいい感じだったのに!!　何てことしやがる陽のやつ!!　いやまあ、そもそも俺が間違って触っちゃったのが悪いんだけどさ!!　八方塞がりじゃねえか!

「やっぱり前言撤回。伊織にはツンツンで十分だわ」

氷菓はふん!　とそっぽを向く。

完全に怒り心頭のようだ。今ここで必死に弁明してもどうしようもなさそうだ……。むしろ逆効果まであるな……。

俺は頭を抱え、溜息をつく。

せっかくいい感じに終わるところだったのに！　過去の俺の馬鹿！

「勘弁してくれ……！」

こうして、長い一日が終わった。

エピローグ

「いってきまーす！」

「いってきま――まぶしっ」

俺は思わず目を細め、太陽の光を手で遮る。

休み明けの外は些か俺には眩しすぎる。

もし吸血鬼が存在するとしたら、俺を同族と勘違いするだろうな。

それほどに、俺という男には太陽は似合わない。

日焼けのない真っ白な肌。きっと女の子に生まれていたら美少女だったに違いない。

「お兄ちゃん！　そんなところでぼーっとしてないで、早く行かないと遅刻しちゃうよ！」

デジャブかのようにいつだったかの映像と目の前の光景がダブるが、それは今に始まったことではなかった。

週五日のうち三日はこういったやり取りを、俺は瑠花と繰り返しているんだから、見覚えがあって当然だ。

そろそろ瑠花も俺と同じように怠惰になってもいい頃合いなのだが、いかんせん妹は俺と違ってまじめらしい。

まあ、そこが瑠花の可愛いところでもある。

「親愛なる妹よ」

「な、何そのかしこまった言い方……」

「いい加減兄離れをしてもいいんじゃないですかね？」

「ど、どういう意味!?」

瑠花は訳がわからないといった様子で困惑した表情を浮かべる。

「俺の遅刻を心配するなんて、お兄ちゃんが大好きで仕方な――」

「勘違いも甚だしいよ……」

「甚だしい!?」

なん……だと……。

そんな的外れなこと言ってますかね。もしかしてこれがツンデレってやつですか？

「ツ、ツンデレか……？」

瑠花は呆れた顔をして、大きな溜息と共にがっくりと肩を落とす。

「だから、今時そんなわかりやすい子なんていないって。まったくもう……お兄ちゃんが妹離れできてないだけでしょ、勝手に責任転嫁しないでよ」

「あのなあ、俺は別に妹離れが出来ていないのではなく、兄としてだな……」

「ああ言えばこう言う……というかお兄ちゃん大丈夫？　なんか顔色悪いけど」

「ちょっと寝不足気味ではある。まあ平気だけどな、顔色も元から白いだけだし」

この休日、俺と氷菓による歴史的な和解が行われたわけだが、あれが本当にあったことなのかいまだに俺は半信半疑だった。

だってあの氷菓だぜ？　それに、多少話したからって何かが変わるなんて本当にあるのだろうか。直後は確かにいろいろと氷菓の態度が柔和されていたが、休みが明け、元に戻っているなんてこともあり得る。

それに……陽のやつのせいで余計ややこしい事態を巻き起こしてしまってもいる。折角丸く収まるところだったのに、突然ペラペラと……。まあ、いつまでも俺が陽に弱みを握られているから仲良くしているっていう状態も不健全だとは思っていたから、ある意味すっきりして良かったとも言えるんだけど。

そんなことをあれこれと考えていると微妙に眠れなくなり、結局ゲームをしてしまいこうして見事な寝不足が出来上がっていた。

「平気ならいいけど……通学路で倒れないでよね」

「わかってるよ。心配ありがとな」

「もうお兄ちゃんしっかり――……あっ、氷菓ちゃん！　おはよ！」

俺の体調などあっという間にどうでも良くなったかのように元気よく瑠花が挨拶したのは、俺達の隣の家からちょうど出てきた氷菓に対してだった。

長い黒髪に透き通るような白い肌、切れ長な少しつり上がった瞳。

ツンとした小ぶりな鼻と、ぎゅっと結んだ薄桃色の唇。

顔は小さく、スラッとした姿は否応なしに目を引く。

相変わらずの美少女っぷりだった。

一昨日は三つ編みをして私服だったから、なんだか逆に制服も新鮮だ。

「おはよう、瑠花ちゃん。相変わらず朝から元気がいいね」

「うん！　お兄ちゃんが世話かかるからね」

余計なことを言うな余計なことを。

「氷菓ちゃんは今日も可愛いねえ。なんか会う度言ってる気がするけど……」

「ありがと。言われて悪い気はしないから、どんどん言って」

「へへ、そうする！　ほら、お兄ちゃんも挨拶して！」

瑠花に促され、俺と氷菓は目が合う。

まるで一夜を共に過ごした翌日かのように（そんなことは絶対ないんだけど）、俺たちの間には若干の気まずさが流れる。

氷菓の顔は心なしかツンとしていて、やはりあの陽の件を怒っているようにも見える。

だが、ここで折れては俺がわざわざ心エネルギーを消費してまで行動した意味がない。

俺は意を決して、氷菓の目を見る。

「……おはよう、氷菓」

「………………」

しかし、沈黙。

おいおいおい、話が違うじゃねえか！

元通りになったんじゃねえの!? どうなの!?

やっぱりおっぱいはアウトでしたか!?

すると、氷菓は短く咳払いをし、返事をする。

「お、おはよ……伊織」

その顔は、少し恥ずかしそうに見えた。

「あ、あれ……あの、陽の件は……？ お咎めなし？」

俺はその照れ顔の可愛さよりも、思ったよりも普通に挨拶が返ってきたことに驚いた。

陽の件がまだ残っているなら、こんなに爽やかな挨拶は返ってこないはずなのだが。

「あぁ、昨日陽と電話して一応解決はしたから。事情も一応わかったし」

「マジか！ 良かった、誤解が解けたようで何よりだ」

俺はほっと胸をなでおろす。

「まあね。ただし、やっぱり伊織には厳しくいくから。またそういうことをしないとも限らないし」

「信用ねえ～」

「当然でしょ。……じゃあ、私今日は朝用事があって先に行くから。また遅刻しないでよ、だらしないから」

そう言って氷菓はこちらに背を向けると、「じゃあね」と言い残しさっさと歩いて行ってしまった。

相変わらずツンツンとした助言をしてくださる。

しかし、俺は今の言葉の中に変なワードを聞いた気がした。

「今氷菓のやつ……　〝今日は〟って言ったか……？」

まるで、他の日なら一緒に登校してもいいと言っているように聞こえなくもない。

……いや、ないか。あの氷菓だしな。たとえ俺達が仲直りして幼馴染に戻ったとはいえ、そこまでは変わらないだろう。

すると、それを聞いていた瑠花は口をあんぐりと開け、わなわなと震える。

「ひ、氷菓ちゃんがお兄ちゃんに挨拶した……!?　じ、事件だああ！」

「そんなにか？」

「そんなにだよ！　な、何かあったの!?」

瑠花は拳を胸の前で握り、ぐいっと俺に近づく。

「まあ、あったっちゃあったかな」

「えええ、何何!? 何があったの!? 気になる～！」

瑠花は目を輝かせ、俺の襟を掴みぐいぐいと前後に揺らす。

「教えてよ～～!!」

「う、うるせえ！ 急がないと遅刻するぞ！」

「あーずるい！ こういう時だけそれ言うのずるいよ！」

「お前の言葉を借りただけだ。自分で毎日それを言っていることを悔い改めよ。じゃあな、瑠花」

「もう、お兄ちゃんのばーか！ 帰ったら教えてよね！」

「気が向いたらな」

「もう～～！」

瑠花の声を背に、俺はさっさと氷菓の行った道と同じ道を進む。

新学期初日にはどうせ何も変わらない日々が続くだけと諦念していたが、どうやらそんなこともないらしい。

二人の幼馴染によって、俺の中で何かが少しずつ変わり始めるような、そんな爽やかな予感がした。

見慣れた通学路が、心なしかいつもより澄み渡って見えた。

とりあえず、氷の女王が雪解けするのはもう、時間の問題かもしれない。

◇　◇　◇

氷菓と伊織の和解当日の夜——雨夜陽宅、浴室。

陽はちゃぷん、と湯船の中に身体を沈め、ぐぐっと伸びをする。

「んん〜気持ちぃぃ……」

一日の疲れを癒し、身体が弛緩していく。

今日一日、いろいろあったけど楽しかったな、と今日あったことを振り返る。

買い物に始まり、映画を見て、ランチをして……けれどやはり今日一番インパクトがあったのは、最後の自分自身の発言だ。

「私、なんであんなこと言っちゃったんだろ……？」

ぽかんと、ハテナが頭上に浮かぶ。

本能的に動く体質ゆえに、自分で自分の行動に考えが及ばないことは稀にある。

感情に身を任せているから、きっと何かを思って行動したはずだが、その真意はわからない。

言うつもりはなかったけど、あの二人だったら言っても問題ないとは思っていた。あの二人だって幼馴染なんだから。

ただ、別にあの場で言う必要はなかったことかもしれない。

二人のいつも以上に仲が良さそうな姿を見て、何故だか我慢できずに言ってしまった。

それは、殆ど無意識であり、何かを止めたかったような、そんな衝動に従った結果だった。

なんだか、自分らしくない行動に自分自身が一番驚いていた。

伊織の弱みを握って前のように仲良くしてもらっていることは、別に誰かに言うつもりはなかった。

純粋に話し合いで仲を深める二人に、自分のやり方が我慢できなくなったのだろうか。

しかし、それも考えづらかった。いくらスタートが伊織の弱みに付け込んだようなものだったとしても、伊織はそのためだけに仲良くしてくれているわけじゃないとすぐにわかったから。

そういう、人の心の機微には敏感な方ではあった。

しかし、そんなところに嫉妬や比較をしてしまうタイプでは本来ない。

自分が好きなことを好きなようにして生きてきて、今回だって別に伊織に対して必要以上の執着があるつもりはなかった。

自分で言うのもなんだが結構さっぱりした性格で、こだわりはそこまでなく、楽しい嬉しいこと優先で、何事も柔軟に受け止めるタイプだ。

氷菓ちゃんが伊織のことを気になっているのはすぐにわかったし、それに気が付かない伊織も相変わらず鈍感だなと眺めていた。

なんなら、少し氷菓ちゃんの背中を押してあげよう、その方が面白いし、なんて気分で傍観者を気取っていたはずなのに。

横から眺めている二人が眩しくて、そして伊織の顔を見ていたら、つい……何故だか、口走ってしまった。

「うーん……むむむ……」

しかし、うんうん唸っても納得のいく答えは何も浮かばない。

あの時浮かび上がってきていた心の奥のもやっとしたものは、今は綺麗さっぱり消えてなくなり、その片鱗さえ掴めなくなっていた。

それでは、わかりようも無くて当然だ。

あの時湧き上がった心の内にあった感情を、自分は今言葉という形にする術を持っていなかった。

こんな時、伊織なら何と言うだろうか。

「……まあ、いっか。そのうちまたわかる機会があるだろうしね」

今はただ、二人の間に何もなく戻ってきてくれたことを喜ぼう。それこそ、自分自身に湧いた感情にこだわる必要はない。

後で氷菓ちゃんに電話して、事情を説明してあげないと。変に誤解したままだと伊織が可哀想だしね。伊織にも後でちゃんと謝っておこう。

そう区切りを付け、お風呂のお湯を掬うと自分の顔をさっと洗う。

折角転校してきたんだから、これからも二人と沢山思い出を作らないと。

突然の引っ越しでこの伊織のいる街に戻って来たけど、伊織は変わらず面白くて、そして変わらず優しかった。

久しぶりに再会したからか、なんだか伊織のことを少しイジワルしたくなってしまった。男の子だと思われていたからか、伊織は私からの少しのイジワルでドギマギする。そんな伊織の表情や行動を、結構楽しんでしまっている自分がいた。

伊織には悪いけど、たまにイジワルしてもう少し楽しませてもらおうかな。

陽は一人、楽しそうにククククと小さく笑う。

まあとりあえず、伊織はまだ一緒に遊んでくれる。今はそれ以上望むことなど何もない。

「ふんふふ～ん♪　次はみんなで何しよっかな～♪」

陽は鼻歌を唄いながら引き続き夜のお風呂を満喫する。

まだあと二年もある、伊織や氷菓達との高校生活に期待を抱きながら。

あとがき

「ラブコメを書いてみよう」と唐突に思い立ち、自分でラブコメを書くならどうするかと考えて出来上がったのが本作です。ですので、これまでいくつか異世界ファンタジーを書いてきましたが、今回がラブコメ初挑戦となります。

そんな自己満足で数年前にネットに投稿した本作ですが、ありがたいことに書籍化の打診を頂き、こうして作品として発表出来るに至りました。今回書籍化にあたって、当時はだいぶ粗めだったキャラ設定や展開、セリフから容姿に至るまで、かなり大幅に改稿しております。

ｗｅｂ時点ではかなりのツン具合だった氷菓も、ほんのちょっと柔らかく、そしてより可愛くなっています。もちろん、氷菓以外のキャラクターも全般的により可愛らしく個性あるキャラクターになったと思います。

この巻では、ダウナー系でツンデレな氷菓と、元気一杯で素直な陽の対照的な二人のヒロインが登場します。

ツンツンしていた氷菓が危機感からデレを試みるその姿や、陽の距離感の近いスキンシップなど、ヒロインたちの時に可愛く、時に挑発的な言動を楽しんでいただければ幸いです（ちょっとのシリアスもスパイスにしつつ）。

脳内では既に美少女なヒロインたちだったのですが、竹花ノート先生の美麗なイラストによりさらに実在感を増し、美少女度が跳ね上がっております。竹花ノート先生、ありがとうございます。

最後に、出版に関わってくださったすべての方、そして本書を手に取っていただいた皆様に最大の感謝を。また次巻でお会いしましょう。

ファンレター、作品のご感想をお待ちしています!

【宛先】
〒104-0041
東京都中央区新富 1-3-7　ヨドコウビル
株式会社マイクロマガジン社
GCN文庫編集部

五月蒼先生 係
竹花ノート先生 係

GCN文庫

デレたい彼女《ヒロイン》の裏表《うらおもて》

2024年12月28日　初版発行

著者　五月蒼《さつきあお》

イラスト　竹花《たけはな》ノート

発行人　子安喜美子

装丁　株式会社atd
DTP／校閲　株式会社鷗来堂

印刷所　株式会社広済堂ネクスト

発行　株式会社マイクロマガジン社
〒104-0041　東京都中央区新富1-3-7　ヨドコウビル
［営業部］TEL 03-3206-1641／FAX 03-3551-1208
［編集部］TEL 03-3551-9563／FAX 03-3551-9565
https://micromagazine.co.jp/

ISBN978-4-86716-683-3 C0193